La revanche d'Ixion

Chroniques de Déméter

"Les Eupatrides ont une *excessive démesure* et un appétit incroyable."
Solon

"Du grec au barbare, de la femme à l'esclave… Tous ne sortent-ils pas d'un même ensemble ?"
Aristote

Chroniques de Déméter

Tome I

La revanche d'Ixion

Mes remerciements à mon épouse Nadia
pour son aide si précieuse
et pour les nombreuses fois où cette œuvre failli passer de vie
à trépas…

© 2021
Édition : BoD – Books on Demand, 12/14 rond-point des Champs-Élysées, 75008 Paris
Impression : BoD - Books on Demand, Norderstedt, Allemagne
ISBN : 9782322180097
Dépôt légal : Mois et année de publication (janvier 2021)

Illustration : Le Caravage – David tenant la tête de Goliath (extrait) -

Chroniques de Déméter :
"... et vous désireriez, de surcroît, profiter des connaissances des Anciens sans verser la moindre obole ? fulmina le seigneur Antigone, naturaliste et géologue du Collège des Sciences, à l'encontre de ses confrères. Comment pourrions-nous progresser sur la voie de la connaissance si vous n'apportez pas votre pierre à l'édifice. N'oubliez pas : notre projet n'a de chance d'aboutir que si nous mettons nos forces en commun. La planète aux ludions, Tau-Thétis, est la clé de voûte de notre grand programme environnemental 'Dionysos', et, en tant que membre honorable des Écologistes, je reste formel sur la démarche à suivre : tel l'Impôt pour 'frais de guerre', vous devez contribuer aux charges du nouveau programme satellitaire... Ce belvédère spatial est d'une importance majeure pour l'observation des ludions. C'est une réelle opportunité expérimentale qui s'offre à nous ! ..."

Allocution du chercheur Antigone de Béotie à l'hémicycle des Sciences de l'Université de la Nouvelle-Athènes, durant le troisième jour de la première décade du mois de munychion, lors de la 1615ᵉ olympiade.

1

LE COMPLOT

Une flèche d'argent griffa la voûte céleste : le vaisseau spatial passait au-dessus des terres de la planète Déméter. À l'horizon, la constellation du Griffon émergeait lentement des flots. La planète aux teintes bleutées n'était qu'une simple écharde lumineuse au sein du Nouvel Empire Hellénique. Ixion tourna la tête en direction d'un navire. Le porte-conteneurs semblait endormi sur un fond de velours noir. Paisiblement calé contre les quais de Xartès, le cargo se reposait après avoir traversé de vastes étendues entre les différents comptoirs.

Le marin avait la peau sombre et brûlée des baroudeurs côtoyant les vents salés et les rayons brûlants des soleils tropicaux. Il se trouvait à une étape de sa vie où il hésitait entre se retirer des affaires maritimes ou naviguer de son propre chef et s'embarquer dans l'aventure du négoce. Le navigateur se dirigea vers l'estaminet où de nombreuses fois il avait fait escale. Il devait régler des affaires pour lesquelles son patron lui demandait d'intercéder en sa faveur.

Vers le claveau du ciel, l'air vif laissait s'échapper les chaleurs automnales qui s'étaient invitées durant la journée. Le quai déserté s'étirait sur quelques stades[1] le long de la Nouvelle Côte Ionienne. Des lanternes à la lueur falote sillonnaient l'embarcadère où s'étalait un drapé d'humidité, un résidu d'embruns projeté par une brise sournoise.

Il pénétra dans la gargote, dont la façade d'un gris sali par les effets du temps donnait l'apparence d'un antre. Le lieu était parsemé de quelques torches à décharge. Il pénétra dans la gargote, dont la façade d'un gris sali par les effets du temps donnait l'apparence d'un antre. Le
lieu était parsemé de quelques torches à décharge. Le propriétaire du troquet mit de l'ordre derrière son comptoir, puis disparut dans une pièce attenante.

Un vieil homme, affaissé comme une antique voile aurique[2], se restaurait sur une des tables de guingois. Même de dos, Ixion le reconnut, l'imposante carcasse voûtée ne pouvait être que celle de "Thanos" ; un ancien mercenaire des phalanges royales, maintenu à la retraite en raison de blessures de guerre.

Le marin s'engouffra dans la pièce imprégnée de relents de cuisine et d'émanations de fumée. Il effleura de l'épaule le client attablé, tout occupé à se restaurer. Puis se dirigea vers le comptoir et d'une voix rauque cassa la quiétude ambiante.

– N'y a-t-il donc personne pour me servir dans cette mangeoire ? Mis à part ce vieil homme destiné à servir les vers de Xartès, s'exclama-t-il sur un ton tonitruant.

– Par Zeus ! répliqua le vétéran. Est-ce ainsi que l'on s'adresse à un ancien mercenaire ? Je vais te faire voir que "le vieil homme" a encore du répondant ! rétorqua-t-il en rugissant.

Toute colère dehors, l'homme se redressa et se dirigea vers l'étranger. Il avait le teint grisâtre et sa chevelure rebelle exhibait une blancheur crayeuse. Lorsque l'ancien fantassin reconnut Ixion, il tomba des nues et cambra le dos, les bras levés. Ixion ! Comment as-tu pu délaisser ton vieux Thanos si longtemps ? Le vieil homme l'enlaça, prêt à l'écraser d'affection. Tu ne devais pas rentrer plus tôt ? Viens t'attabler avec moi… Tu dois avoir une faim de loup. On sait que, sur ce genre de vaisseau, la pitance n'est pas trop consistante. Cyran ! Où est-il passé ce mastroquet ? Notre ami Ixion est revenu, apporte du cycéon[3] et une coupe du meilleur vin qui soit pour ce laboureur des mers.

Ils se dirigèrent vers le guéridon. Le vieil hoplite boitait de la jambe gauche ; il reporta son poids sur l'épaule d'Ixion. Le tenancier déposa sur la table une coupe de vin et une assiette de gruau qui parfumait la pièce de ses herbes et aromates. Il s'attabla et conversa avec les deux compères :

– Sois le bienvenu mon garçon ! J'espère que ton

voyage s'est passé sous les égides de Zeus le Bienveillant. En tout cas, j'aurai toujours une chambre à t'allouer, pour que tu puisses te reposer de tes longs-cours harassants.

— Alors, raconte-moi ! Où t'es-tu aventuré ces temps-ci ?

— Après avoir côtoyé divers comptoirs, nous sommes partis pour la cité de la Nouvelle Cyrène où nous avons commercé du poisson salé, des sacs de céréales et quelques plantes médicinales. La cité est surprenante. S'il y a bien un temple à découvrir, c'est bien celui dédié à Zeus. Son temple monumental vous éblouit par sa majesté, et s'il y a un port où l'on se doit d'accoster, c'est bien celui d'Apollonia II… Cette colonie grecque fourmille sans arrêt : à chaque transaction les navires marchands s'affrètent et repartent aussitôt...

Ixion engloutit une gorgée de vin sirupeux, puis enfila une cuillère de gruau. Le marin rabaissa une nouvelle fois la coupe. Un liseré pourpre se déposa sur sa bouche, comme une ébauche sensuelle à la limite du comique. Malgré la fatigue, il possédait assez d'énergie pour conter à ses amis ses pérégrinations.

Il était tard lorsque les compères mirent un terme à leurs causeries.

— Bon ! Je t'attends au gymnase, demain en fin de matinée ? Tu verras qu'il me reste encore quelques forces prêtes à te défier ! conclue Thanos à son jeune ami.
Ixion esquissa un sourire :

— Qu'il en soit ainsi mon ami, je suis disposé à relever ton défi… Que cela soit à la lutte ou au lancer de disque.

Sur le quai de Xartès, le vaisseau marchand sommeillait, bercé par le clapotis des vagues. Sur la coque métallique, flux et reflux accompagnaient les marches du temps, pendant que le drapé de la Nyx, la déesse de la nuit, s'étirait et se positionnait au sein du mouvement inéluctable du temps.

Chroniques de Déméter :
"... Mon enfant, souvenez-vous du roi Léonidas... N'a-t-il pas combattu, malgré les funestes augures du devin Mégistias ? Léonidas devait accomplir comme il se doit son devoir. Et maintenant... c'est cela que j'attends de vous : accomplir votre devoir de combattant !"

Extrait des correspondances d'une marraine de guerre à son jeune lieutenant sparte, quelques heures avant l'ultime attaque des forces perses contre les phalanges hoplites du stratège athénien Cimon ; le combat fut un carnage !

2

UNE ÂME POUR THANATOS

Quelques cirrus se promenaient au-dessus des prairies ioniennes, et laissaient passer les rayons dardant du soleil matinal. Des martinets coursaient les insectes, leurs vols en rase-mottes frôlaient les hautes herbes et les graminées qui foisonnaient en Nouvelle Messénie.
Sur l'étendue en terre battue, nos deux amis s'opposaient dans un rituel martial ; les corps imbibés d'huile se frottaient, s'attrapaient ; une chorégraphie dont l'un des deux hommes pouvait sortir victorieux à tout instant.
— Et ne crois pas que malgré mon handicap tu dois te permettre de m'accorder des faveurs ! s'exclama Thanos.
Les lutteurs s'empoignaient, hâlés par le soleil et par les huiles. Leurs mains glissaient sur les membres graissés, chacun espérait trouver la parade permettant de faire tomber

l'autre. Thanos coinça son adversaire contre ses côtes et sa cuisse droite. Les deux hommes se rejoignirent, leurs souffles se confondirent un instant. Ixion esquissa un sourire à l'encontre de son ami. Les fronts se touchaient, leurs sueurs et les huiles essentielles se mêlaient en un bouquet informe.

– As-tu au moins imploré Arès de t'octroyer force et énergie ? interrogea Ixion.

– Je n'ai que faire du dieu de la guerre ! Mon expérience fera la différence, face à la ferveur de ta jeunesse. D'être resté si longtemps sur un navire, t'a ramolli le corps et l'esprit. Je te sens chancelant...

– Détrompe-toi ! Je fais corps avec toi, je percerai ta carapace !

Ils pivotèrent ensemble. Des écharpes de nuages tourbillonnaient au-dessus de leurs têtes, et devenaient pour un temps leur auréole commune. Ixion trouva une parade, fit une clé, et envoya le colosse au pied d'argile sur le tapis de sable. Il lui tendit la main et l'aida à se relever.

– Ma foi ! s'exclama Thanos, il me reste encore assez de force pour te corriger, comme un père corrige son enfant.

Ils rirent de bon cœur de ce jeu de lutte mêlant les différences d'âges, et se rendirent l'accolade, tel un père et son fils dont les épreuves les auraient rapprochés.

Ils se dirigèrent vers les bains ; les colonnes entouraient la piscine intérieure en forme de L, tel un bataillon de géants donnant de l'assise et de la prestance en ce lieu où la populace venait se délasser. Les céramiques, aux couleurs primaires, donnaient le ton de l'ensemble. Le fronton intérieur décoré d'une mosaïque, sur fond de ciel bleu, représentait un lac dominé par la présence de deux cygnes. Les tuiles chapeautaient l'édifice et venaient ainsi clore l'écrin architectural. Au fond du bassin, une autre mosaïque, de naïades jouant avec des dauphins, apportait la touche finale : cet embellissement mythologique rehaussait le bassin.

Nos deux amis se prélassaient à l'autre bout de la piscine, et s'entretenaient sur maintes choses de la vie :
– As-tu trouvé enfin ton âme sœur ?
– Non, mais j'y songe.
– Tu as largement dépassé le stade du gynécée, tu ne vas tout de même pas finir en éraste[4], guettant de jeunes éphèbes à la sortie des écoles !
Ixion ria de bon cœur :
– Ne te tourmente pas pour mes plaisirs, répliqua-t-il.
– Parle-moi de tes projets, comment vois-tu l'avenir ?
– Les divinités restent décidément muettes avec moi. J'ai un emploi captivant où l'aventure côtoie le négoce, et où la solitude du marin s'oppose aux foules de marchands et colporteurs foisonnant les cités côtières, et pourtant, j'hésite à rompre avec cet univers marin et m'orienter vers l'agriculture afin de planter quelques oliviers et cultiver la terre.
– Pouah ! Que me dis-tu là ? Retourner la terre ! Laisse cela aux métèques et aux esclaves affranchis, trouve une femme qui sache cuisiner, fait des enfants et reste marin. Ton destin est là !

Ixion plongea son regard vers le fond de la piscine ; les naïades dansaient sous l'effet des ondes provoquées par le système de filtration. La mâchoire des dauphins formait un rictus à chaque passage des rides d'eau. Il semblait refléter l'indécision qu'on pouvait aussi lire sur le visage de l'aventurier.

Le silence prenait position au sein des thermes ; seul

le bruit de l'eau se répercutait sur les colonnes, rompant un sentiment de solitude. Les deux hommes se détendaient : l'un observait le fond de la piscine, en nonchalance avec les naïades, et l'autre, tête en arrière, scrutait le relief des poutres apparentes et des tuiles à l'esthétique galbée.

Le travail ne manquait pas en affaire maritime, et l'armateur savait le récompenser lorsque le commerce dévoilait sa face radieuse. L'armateur l'avait formé tout jeune, l'éloignant des souffrances d'une mère morte en couche et d'un père alcoolique. Ixion avait su tirer profit de cette chance que Zeus lui avait offerte. Certes, les guerres intermittentes avec les Perses sapaient par intervalle le négoce ; mais celles-ci faisaient partie du cycle du marché. Peut-être était-il temps de mettre un terme à cette période sentimentale stérile ; l'argent ne lui manquait pas, mais sa jeunesse, elle, s'enfuyait au rythme des saisons. Le temps tournait à l'orage et pas seulement dans sa tête ; des voiles de légers nuages laissaient place aux amoncellements de strates de cumulonimbus.

Un gris diaphane s'invita sur le fait, les thermes s'étaient assombris au fur à mesure de l'obscurcissement du ciel et offrait une vision froide et austère de l'ensemble architectural. Ils allaient quitter les bains, lorsqu'ils entendirent des conversations feutrées à l'autre bout du bassin. Sur le coup, ils ne prirent pas garde à la conversation des curistes, aveugles de leur présence :

"… l'Héliée[5] ne vous a retiré que quelques droits relatifs à la Constitution, votre bannissement n'est que partiel, Seigneur Anthonis" : dit le premier homme.

– Ces vacances forcées ne sont pas du tout à mon goût… Le sénateur se plait à m'éloigner de mes prérogatives diplomatiques et de négoces, sans parler qu'il s'est immiscé

dans mes affaires intimes, poursuivit le second personnage.
   – Seigneur ! Prenez votre temps de réflexion, vous n'êtes pas en ostracisme totale, vous pourriez demander une requête auprès du Sénat …
   – … La Boulé se place du côté de l'archonte ! Vous le savez très bien, coupa froidement le second personnage. Seigneur Dymas ? Que me suggérez-vous ?
Une tierce personne entra en scène :
   – Je vous préconise une autre alternative... Mais celle-ci est en dehors de tout système politique : supprimer la cause de vos soucis, d'une manière… plus subtile, dirons-nous !
   – Que dites-vous là au seigneur Anthonis, êtes-vous devenu fou ? Assassiner un sénateur lui causera sa perte. Comment pouvez-vous …
   – Suffit ! Par Zeus, je suis las de vos paroles... Je dois réfléchir, coupa sèchement Anthonis.

   Les deux amis, situés à l'opposé du bassin, percevaient leur conversation. Ils se regardèrent, surpris de l'orientation que prenaient ces causeries qui parvenaient jusqu'à leurs oreilles. Tous deux savaient qu'on ne les avait pas vus ; la position du bassin, l'enfilade de piliers, l'intensité lumineuse et la discrétion de leur présence, les avaient placés dans une situation d'auditeurs invisibles et involontaires. Ixion et Thanos plongèrent en commun leurs regards au fond de la piscine ; les naïades, désormais couleurs de lune, exprimaient d'un sourire narquois l'encombrante situation des deux mortels. Dehors le tonnerre grondait, la pluie s'abattait au-dessus de la toiture. Un éclair déchira le ciel, suivi de près d'un sifflement strident : Zeus Kataibatès[6] avait décidé de dégager, dans ce jeu de rôle, un positionnement désavantageux à l'égard des deux camarades.

Sans y prendre garde, les autres belligérants continuèrent leur causerie politicienne :

— Écoutez-moi, Seigneur, une alternative juridique peut résoudre ces différends. Une réhabilitation pourrait vraisemblablement s'opérer par le truchement des votes. Nous pourrions demander une requête aux membres des tribus, puis favoriser des personnalités influentes au sein des Grandes Maisons ! … Quitte à négocier votre rachat.

Le premier orateur essayait ouvertement de favoriser la voie diplomatique auprès de son ami, quitte à jongler illégalement avec la République.

— Le seigneur Antonis ne peut demander une abolition de sa peine, répliqua la troisième personne. Il sait très bien qu'il n'aura pas la majorité dans le cœur des jurés. Des dessous de table ne suffiront pas à le réhabiliter au sein de l'hémicycle de l'Écclésia[7].

— Ce n'est pas tant cette réclusion, qui risque de me causer du tort, mais bien le risque de perdre mes contrats. J'ai des comptes à rendre envers certaines Maisons, dès qu'elles auront l'occasion de m'intercepter.

— Dymas à raison, une seule alternative réglera ce litige au plus vite, et il faut battre le fer tant qu'il est chaud. Le sénateur récoltera ce qu'il a semé, et dans cette affaire, il ne peut y avoir de compromis.

Ixion plongea avec toute la félinité possible au fond du bassin. Son ami fut surpris par cette action inattendue. Le marin nagea vers un recoin de la piscine, dépassa la mosaïque, puis disparut dans l'antre sombre du système d'aspiration. Les secondes passèrent. Par moment un filet de bulles et de remous jaillissait en surface. Puis le marin réapparut, accompagné d'un râle étouffé, à la recherche de l'oxygène salvateur. Il revint vers son compagnon :

— Il y a une évacuation d'eau souterraine. J'ai réussi à déloger la grille de protection de
son socle.
— Sais-tu où cette canalisation débouche ?
— L'eau semble plus fraîche de ce côté, cela ne peut être que le retour aux chaudières…
— Aux chaudières ! s'exclama son ami.
— Nous n'avons pas d'autres choix, et ces trois hommes sont bien loin des nobles pensées de Dame Héra[8], répliqua-t-il.

Ils s'enfoncèrent discrètement dans l'eau ; seules leurs têtes émergeaient de l'onde. La profondeur ne semblait pas considérable. Ixion précéda le vétéran, et s'engouffra, dans le réseau de conduction d'eau. La canalisation était assez spacieuse ; une mince couche d'air subsistait au-dessus de l'écoulement des eaux. Il progressa, allongé sur le dos, la bouche venant parfois épouser la surface du boyau. Thanos pénétra à sa suite, mais lorsqu'il plongea, son pied buta contre la grille posée au fond du bassin ; il esquissa une grimace. L'ancien mercenaire paniqua, et se cogna contre le rebord de la paroi interne du conduit, puis jaillit vers la surface. Situés à l'opposé du bassin, les comploteurs saisirent les râles du vieux combattant et se dirigèrent *directo presto* vers la source des gémissements. Le vieux guerrier reprit son souffle, et esquissa un demi-sourire face aux trois hommes :
— J'ai glissé ! lança-t-il.
Les malfrats s'approchèrent du vieux guerrier :
— Avez-vous saisi notre causerie ? lui demanda

Anthonis.

— Euh ! … Un conciliabule ? bafouilla-t-il, pas du tout !

— Il ment ! lança Dymas.

— Regardez ! Cet homme a essayé de s'enfuir par les évacuations d'eau, hurla le troisième complice. J'entends du bruit, il y en a probablement un second qui s'enfuit.

— Dymas ! Allez vers la salle des chaudières récupérer ce malandrin. Qui est cet homme ? demanda-t-il à Thanos.

— Un ami… Et de toute façon nous n'avons que faire de vos soucis personnels ! s'exclama l'hoplite.

— Certes ! Alors pourquoi essayez-vous de filer à la dérobée ?

— Nous pensions avoir à faire à des belligérants de la République, répliqua-t-il sur un ton attrayant, afin d'adoucir la conversation.

Le seigneur Kasen, comme le seigneur Anthonis, le dévisageaient avec forte suspicion. Ils tenaillaient Thanos par leur position respective, et le vétéran s'aperçut que le Kasen avait sorti une dague de son fourreau, bloqué contre la cuisse par des lacets. L'image de la lame ondulait sous l'eau et sous l'effet de la diffraction lumineuse, l'arme prenait l'allure d'une flamme d'argent, dansant au gré des ondes.

Pendant ce temps, Ixion progressait au sein du conduit ; à aucun moment il ne pouvait pressentir ce qui se tramait derrière lui. Il finit par émerger du boyau et chuta dans la première citerne en béton. Le marin s'extirpa du réservoir et sauta dans l'enceinte des thermes. L'esclave appelé à entretenir la chaudière des caldariums, fut étonné par cette apparition inopinée et s'enfuit à toutes jambes. Une chaleur étouffante régnait au sein de la salle du système de caléfaction. Ixion attendit un instant l'arrivée de son ami, puis perçut un gémissement provenant du couloir : le préposé aux bains gisait sur le sol, un filet de sang serpentait déjà entre les interstices des dalles. Le marin s'accroupit, l'homme respirait encore et exprimait l'incompréhension de cette tragédie. Le fonctionnaire acheva sa dernière expiration, la remit à Hermès[9], et son âme rejoignit l'univers d'Hadès, le dieu des enfers.

Ixion regagna prudemment l'enceinte des thermes et s'avança vers le bassin. Entre-temps Dymas venait tout juste d'arriver, revenant de ses récents méfaits.

– Où est l'autre homme ? lui demanda Anthonis.

– Il ne parlera plus, railla Dymas.

– Abruti, je ne vous ai pas demandé de l'assassiner ! Pourquoi faites-vous toujours ce que je ne vous demande pas ? tonna le politicien athénien.

Ixion longea le vestibule menant à la salle de massage, où trônait Agôn, dieu des lutteurs. Les trois hommes se trouvaient sur le parvis du bassin, prêts à sortir des bains :

– Que faisons-nous, Seigneur ? lui demanda Kasen.

– On retourne à Athènes résoudre notre dissension fédérative ! s'exclama Anthonis.

La triade partit sous une pluie battante, sans se demander si Zeus pardonnerait leurs sordides crimes.

Ixion attendit que les truands disposent suffisamment de distance afin de s'aventurer jusqu'au bord du bassin. Il longea les colonnes enclavant la piscine, et chercha son fidèle ami. A la coudée des thermes, attiré par le système d'aspiration, apparut un corps flottant. Il plongea à sa rencontre et le retourna : Thanos était déjà mort. Le marin hala le corps sans vie hors de l'eau et l'examina : de nombreux coups de couteaux entaillaient la chair de son compagnon.

– Par Poséidon ! Je te rendrai justice ! rugit-il.

Il posa sa tête de baroudeur sur la dépouille de Thanos, quelques larmes perlèrent sur ses joues et allèrent rejoindre les eaux thermales. Au sein du caldarium, les mosaïques bleutées laissaient paraître un halo d'une pourpre irradiante. À l'instant, un éclair érafla le ciel de plomb. L'averse continuait de s'abattre sur la cité de Xartès. Dans chaque venelle de la localité, les eaux pluviales emportaient l'affliction d'un homme.

Chroniques de Déméter :
"...et je me souviens encore de ce jour-là : au sein de l'Agora il y avait un vieux chantre passionné par l'étude du genre l'humain. Il exaltait dans l'art de tromper son monde en leur faisant passer ses chimères pour des réalités. Cet expert en Maïeutique invitait ses contemporains à accoucher leurs profondes angoisses... C'est ainsi que l'on arrive à progresser !" (Études sur Nyx et la Semence).

Conférence de Cléobule, maître d'éloquence à l'Université de la Nouvelle-Athènes, le huitième jour de la seconde décade du mois de thargélion, durant la 1724ᵉ olympiade.

3

LA NOUVELLE-ATHÈNES

Avant de quitter la cité côtière, le marin s'était une dernière fois recueilli à la nécropole, son ami y résidait désormais pour l'éternité. Après avoir réglé quelques affaires avec l'armateur, il décida de rejoindre son père afin de retrouver les assassins du vieux guerrier.

Le ciel était parsemé de quelques nuages cotonneux ; une colonie d'oiseaux traversa l'azur. La navette à propulsion ionique s'arracha du tarmac de Xartès, le rideau de pluie enveloppait la nef, un cocon métallique argenté, noyé sous les larmes de la planète Déméter. L'engin prit de l'assurance et se dirigea vers la Nouvelle Athènes.

Depuis cinq mille ans l'Empire des Hellènes sillonnait une partie du Léthé – la galaxie où baigne Déméter et son soleil Phébus –, et colonisait des systèmes solaires viables, sans âme ou peuplés d'autochtones, en s'imposant par une permanence de tribus grecques. Chaque système planétaire était pourvu d'une cité, dotée d'une république à dominante oligarchique. Durant la 1756ème olympiade, les conflits avec les Perses restaient fréquents, et chaque citoyen avait l'occasion de prouver sa valeur en s'engageant, et cela dès l'adolescence, au sein de la coalition hellénique.

Quelques minutes après le décollage, le vaisseau surplomba la cité de la Nouvelle Athènes. En cette matinée automnale l'Agora plantait son décor : les marchands, quincailliers, dinandiers et autres artisans, composaient l'aspect vivant et hétéroclite de cet environnement mercantile. Sous les rayons blafards d'un Hélios encore bas, vivait et vibrait le peuple athénien. Il fourmillait au sein de l'Agora, dans les échoppes, les tentes et les boutiques, à la recherche des divers produits manufacturés et des consommables pour la subsistance de tous les citoyens.

Au sud, trônait l'Acropole. Majestueuse ! Imposant sa masse architecturale, où les temples et les statues des Olympiens dominaient la métropole. Les ombres et les contrastes suggéraient déjà la splendeur des formes et des reliefs. Les couleurs chaudes apportaient leur réconfort spectral aux minéraux, prêts à laisser surgir de leurs antres les géants mythologiques.

Sur le trajet menant au foyer, Ixion observait les scènes de la vie quotidienne qui s'animait sous ses yeux : les uns achetaient des fruits et des légumes, d'autres marchandaient sur le métrage de tissu, ou critiquait la qualité du grain de blé. Sous les péristyles[10], les chaudronniers proposaient divers ustensiles de cuisine, et leurs esclaves montraient leur savoir-faire, allant de l'ébauche jusqu'à la finition du volume. Un peu plus loin un potier proposait une diversité de cruches, cratères et kylix[11]. Deux femmes du peuple peut-être la mère et sa fille, discutaient avec le marchand du prix d'un vase à parfum. Le ton montait entre eux, et les deux femmes abandonnèrent l'affaire, laissant le commerçant frustré et mécontent.

Pendant un moment, Ixion continua de longer la galerie commerciale. Par instant, un vaisseau surplombait la place, imposant son ombre au-dessus du centre social, comme pour rappeler au commun des mortels la puissance de la caste corporative. Le marin sortit par une des portes de l'enceinte de l'Agora, pour se diriger vers les beaux quartiers où résidait son père adoptif.

Au seuil d'un thermopolium[12] deux hommes vociféraient : un agent des Poids et Mesures se tenait sur le perron, et l'autre homme, propriétaire de l'estaminet, les mains sur les hanches, tentait d'impressionner le fonctionnaire.

– ... C'est cela mon bon monsieur, faites-en part à l'administration !

– Depuis plusieurs mois vous êtes en infraction, monsieur ! L'Agoranome[13] vous a personnellement prévenu de cet état de fait... Si vous n'obtempérez pas sur le champ, je me ferai un plaisir de fermer votre établissement, escorté par la police Scythe...

Ixion tourna sur la gauche, et laissa les deux personnages régler leur différend. L'esclave lui ouvrit la lourde porte en chêne travaillé ; celle-ci pivota silencieusement sur ses gonds, offrant une vision partielle de la cour intérieure. La pergola s'étirait de tout son long jusqu'au seuil de la demeure. Le serviteur le précéda ; il devait avoir la cinquantaine, et depuis peu au service de son père. Le domestique obéissait instinctivement à l'injonction de son maître : *"sois servile et tais-toi !"*

Sur les flancs de la pergola s'étalait le jardin : un tableau paysager décoré de rosiers et d'arbustes où, malgré la saison, les fleurs embaumaient et épanouissaient leurs nuances de couleur. Quelques papillons, frelons et abeilles butinaient, Ixion savourait la scène entre deux piliers. Sur la droite, un plan d'eau apportait sa fraîcheur : toutes sortes de nymphéas émergeaient de la surface aquatique. Sur le pourtour du bassin, des iris au ton jaune, violet et pourpre, offraient leurs pétales aux insectes butineurs. Leurs formes lépidoptères ourlaient le miroir du jardin, dans une profusion de tonalités à inspirer n'importe quel artiste-peintre.

Parvenu sur le seuil, le serviteur s'abaissa et saisit un petit vase d'huile essentielle. Puis il aspergea une pierre d'essence parfumée, où un Apollon, ciselé dans une attitude sereine, demeurait sur le fût de la colonne. L'huile s'écoula de part et d'autre du sommet phalloïde de la stèle. Les fragrances s'évadèrent et une odeur de santal imprégna l'atmosphère. Ixion se dirigea de sitôt vers la bibliothèque.

Le décor avait changé : des moulures en stuc parcouraient les bordures du plafond, et en son centre, dominait une suspension en albâtre. Des veinules fluorescentes parcouraient le globe en des contraintes sinueuses et torsadées. Sur la gauche, de lourdes tentures à dominante vert sombre ombrageaient la pièce et tamisaient la lumière. Le serviteur prit les affaires et s'en fut les poser à l'étage dans la chambre d'Ixion. Le marin s'affala sur le canapé, face aux fenêtres. Sur un côté de la banquette se dressait une desserte. Le plafonnier émettait un faible halo lumineux. Sous l'arcade, la bibliothèque monopolisait tout un pan de mur. Elle recelait des essais, des ouvrages d'érudits, chercheurs et romanciers.

Ixion se leva et se dirigea vers le rayonnage. Sous l'alignement de l'encyclopédie hellénique trônaient quelques grands philosophes, poètes et stratèges : Sophocle, Solon, et Périclès, où il remarqua une œuvre de Nikolos : un dramaturge apparu sous l'âge d'or du premier essor colonial spatial, dont l'ouvrage traitait d'esclavagisme. Ce fervent démocrate fut en conflit contre le pouvoir législatif de l'époque. Il resta un ardent défenseur de l'affranchissement des esclaves. Son destin s'accomplit tragiquement : le politicien récolta la somme des peurs oligarchiques ; on le retrouva noyé dans son bain, un stylet planté entre les côtes.

La bibliothèque recelait une somme de savoir et de recherche, la qualité des œuvres valait bien une petite fortune à son propriétaire : un champ magnétique protégeait les livres contre toutes tentatives de larcin.

Le reflet d'un vieil homme apparut sur le vitrage fumé : celui du maître du foyer. Dressé sur le seuil de la pièce, l'homme caressa la cloison murale ; l'éclairage s'intensifia progressivement. Momentanément figé sur la cloison de verre, son visage se précisa. Ixion se retourna ; Lysandre, son père adoptif, éleva les bras en direction du marin. La chaleur des retrouvailles fracturait les hostilités de l'époque où l'ardeur de la jeunesse avait éprouvé l'amour paternel.

– Mon fils, qu'il m'est agréable de te retrouver ! Puisse Athéna et Apollon bénir en ce jour ton retour.
Ému par cette rencontre, l'homme franchit le seuil du salon.

– Père, ce jour est une offrande dédiée à la déesse Hestia[14].

Les deux hommes se donnèrent l'accolade ; tant d'années les avaient séparés, qu'ils doutèrent de pouvoir se retrouver. Depuis leurs dernières rencontres, les sillons du vieil affréteur témoignaient de la circonvolution des saisons : cela remontait si loin ! La calvitie avait progressé, et donnait une impression de force et de maturité sur ce visage buriné par le temps.

– Ta chambre reste prête à te recevoir. J'ai demandé à Cléon de porter une attention particulière à la pièce d'eau, elle avait besoin d'un rafraîchissement.

Ils se dirigèrent vers la salle de séjour et longèrent la vaste table en chêne, un bois d'un profond grenat veiné de jaune pâle. Ils s'orientèrent vers l'extrémité de la pièce, dont la véranda offrait une vision panoramique sur le jardin. Les deux hommes s'installèrent autour d'une table basse : un tapis de laine octogonal, d'une forte densité, en supportait les pieds finement ciselés. De légères tentures filtraient la lumière, et la scène du plan d'eau prenait une
dimension toute autre. Son père se couvrait d'un simple chiton ; la tunique dévoilait un liseré bleuté qui parcourait les manches et montait jusqu'au col. Lorsque Lysandre mimait une situation particulière, ses mains dévoilaient des tâches de vieillesse. Le silence ranima du néant quelques fractures du passé. Lysandre y coupa court :

– Ixion, j'ai bien reçu ta lettre. Demain en fin de matinée, nous irons trouver le seigneur Hector. Cet ancien sénateur est un imminent membre de l'Aréopage[15]. Je te certifie que le nécessaire sera fait pour retrouver ces hommes de l'ombre.

Chroniques de Déméter :
"J'avais fait un rêve... L'image juvénile et rayonnant de Dionysos Zagreus. Le Maître de la démesure et des opposés semblait me dire quelque chose. Il ouvrit sa bouche garnit d'une belle dentition et, soudain, m'offrit un spectacle digne des Ménades : notre seigneur Zagreus approcha de ses lèvres charnues une cuisse de lapin crue, puis dévora sa victuaille, les dents rougies par le sang encore chaud de l'animal. Oui, c'était bien notre Bacchus Carnassier, car peu avant sa venue il avait dit 'éko !', 'j'arrive !'..."

Allocution du chercheur Antigone de Béotie à l'hémicycle des Sciences de l'Université de la Nouvelle-Athènes, durant le cinquième jour de la première décade du mois de munychion, lors de la 1615e olympiade.

4
UNE AIDE PRÉCIEUSE

Accompagné d'un flegme déconcertant, Cléon apporta les rafraîchissements. Le lait de chèvre diffusa cette saveur, cette amertume des terres vallonnées de la Nouvelle Ionie. Les embruns salés semblaient jaillir de la boisson lactée, comme un retour en bord de mer.

Un "floc !", surgit de la droite d'Ixion. Derrière le voilage, une onde parcourait la surface du plan d'eau. Le poisson ressurgit de son monde aquatique ; la carpe Koï goba un insecte, qui avait osé pénétrer son domaine. Les deux hommes évoquèrent le passé : l'enfance d'Ixion au sein du domaine familial, les luttes intestines des rapports père - fils, et les conflits de suprématies stellaires entre les peuples helléniques et perses. Les systèmes planétaires d'Aéolus et d'Agamemnon étaient concédés aux Achéménides, afin d'ouvrir un traité anti-impérialiste en bonne et due forme. De ce fait, le système solaire de Phébus, dont une des planètes dénommée Déméter, gravitait autour de sa jeune étoile et restait la propriété inaliénable de la ligue hellénique. Le traité resta " lettre morte ", face à la puissance militaire de l'empire perse, et souvent, de nombreuses incursions venaient écorner les accords passés, malgré l'appui d'un organisme intergouvernemental, sommé de mettre de l'ordre entre les deux belligérants. Cette bureaucratie bicéphale semblait n'être plus qu'un membre fantoche, servant surtout à assouvir une classe de privilégiés ; un colloque, où les orateurs des deux parties s'assuraient de pots de vin faramineux, pour obtenir un paraphe griffonné au bas du traité.

Ixion retrouva sa chambre. La moiteur du plein midi se répandait au-dessus de la cité athénienne. Allongé sur le lit, le marin observait la danse des martinets, slalomant gracieusement dans les airs, à la poursuite du moindre insecte à se placer sous le bec. Son mental partait à la dérive. Des images, des mots lui revenaient à l'esprit lorsqu'il rivalisait d'audace au gymnase, et débarquait dans de lugubres estaminets à la recherche de délices sans lendemain et des amours de passage, pour d'éphémères instants de plaisir. Mais aussi des épreuves d'une époque révolue où cravache à la main, son père le frappait à cause d'un simple oubli, d'une futilité. Puis il s'endormit.

Un éclat lumineux transperça les paupières du marin et vint troubler son sommeil. Lysandre se dressait devant lui, planté comme une borne d'Hermès.

– Sais-tu l'heure qu'il est ? Tu t'es endormi jusqu'en cette fin de matinée. J'ai exigé à Cléon de te laisser en paix.

Ixion émergea peu à peu du sombre domaine d'Hypnos, le seigneur du sommeil.

– Nous sommes attendus, prépare-toi ! reprit Lysandre.

De lourds nuages traînaient leur masse à la rencontre des barrières naturelles, au-delà des plaines athéniennes. Les deux hommes se déplacèrent grâce au réseau de transport souterrain, qui s'étalait au-dessous de la cité.

Accueillis par une pluie chaude et lourde, ils émergèrent du métro, aux portes de l'Agora, coincés entre une avenue passante et le boulevard des Panathénées. L'esplanade offrait un luxe gênant : les pavés de marbre s'ordonnaient suivant leurs contrastes, tantôt clairs, tantôt sombres, autour d'un caducée dédié au chantre Apollon. Les maisons de maître cernaient la place, formant un écrin minéral voué au luxe et à l'apparence : pierres de taille, moulures, corniches, et statues drapées avec élégance. Leurs bustes osaient découvrir un sein gonflé de désir et pointer majestueusement leur téton vers la représentation de la déité, gisant au cœur de la place. Au bas des luxueuses demeures, les arcades ombrageaient les échoppes de lingerie fine et des joailleries aux bijoux clinquants.

Ils entrèrent par un porche, donnant sur une cour intérieure du plus bel effet : une fontaine gazouillait à qui voulait l'entendre les heures de joie et de peine des fastueux propriétaires. Le chant de l'eau se répercutait sur les murs des bâtiments, rompant le calme apparent qui trônait en ce lieu. La pluie tombait fine, et voilait le luxe de détails architecturaux émergents des surfaces planes : reliefs ourlés de démons, faunes et divinités se confrontaient du regard.

Certains bustes dominaient cette ambiance théâtrale, d'une hauteur de faîtière ; ils s'imposaient aux autres ornements de moindre hauteur.

Affalés sur des causeuses, les trois hommes savouraient un lait de chèvre tout en conversant des choses du temps. De la véranda, on distinguait une cour intérieure. Surchargé de cumulus, le ciel compressait la perspective extérieure en une vaste mansarde close, dont la moiteur s'élevait jusqu'à eux.

– Seigneur Zeus, qu'il fait lourd ! se plaignit l'ancien magistrat Hector, sa gestuelle efféminée accompagnait l'éventail en ivoire nacré. La lumière ambiante dévoilait l'irisation de l'objet raffiné. Déméter est une planète conçue pour les larves et les crapauds, affirma-t-il.

– Seigneur Hector, nous vous remercions de nous avoir accueillis en cette matinée.

– Ne vous formalisez pas, cher ami ! Le plus important est de régler cette affaire au plus vite. Suite à cette action crapuleuse nous allons ouvrir un dossier, croyez-le bien celui-ci dépassera l'échelon du tribunal populaire ! Déjà, j'ai informé personnellement le Conseil des Anciens. Et vous savez pertinemment, Seigneur Lysandre, que l'Aréopage a un pouvoir non négligeable sur le Sénat. Les mandats pleuvront, et aucune perturbation ne viendra occulter la justice d'Athéna.

Tout en jouant de l'éventail, Hector appuyait ses arguments juridiques avec l'emphase d'un pamphlétaire, habitué à jouer autant avec les mots qu'avec la forme. Il s'adressa à Ixion :

– Et vous dites mon jeune ami que vous n'avez pu discerner le faciès de ces affreux commanditaires ?

– Hélas non. Après le jeu de lutte, pour nous détendre

nous nous sommes rendus dans le bassin de la palestre. L'agencement des thermes nous assurait d'être à l'abri de regards indiscrets, et ce n'est que par le plus grand des hasards que nous surprîmes leur conversation. Hélas, ils s'aperçurent de notre présence et blessèrent mortellement mon ami Thanos. Un de ces hommes assassina le fonctionnaire des bains, faisant erreur sur la personne. Ils ne savent toujours pas que je suis en vie et que j'ai connaissance de leur plan sordide. Quant aux patronymes des assassins, ils m'ont échappé dans le feu de l'action. Si l'occasion venait à se présenter, je pourrais à coup sûr reconnaître au moins un des assassins bannis de la cité.

L'ancien sénateur éleva sa coupe parée d'or fin : un aleison d'or et d'argent ciselé de griffons ailés. Les deux chimères se dressaient dans un face à face immuable. Le sénateur but une gorgée de lait partiellement caillé qui venait s'écouler sur sa barbe fleurie. Il se leva et invita ses amis à le suivre, tout le long des couloirs du vaste appartement. Le trio déboucha dans son cabinet de travail. Un fouillis indescriptible de papiers et documents de toutes sortes occupaient une vaste table. Un presse-papiers en bronze exhibait un couple libidineux : Aphrodite et Arès trônaient entre deux tomes de droit. Le seigneur Hector se dirigea ensuite vers une console légèrement inclinée : l'abaque électronique[16] étalait sa surface lisse et sombre. Il effleura simplement une touche et la trame holographique de carbone scintilla. Au sein de la machine, un feuilleté carbonique et un entrelacs de fils d'or provoquèrent un éclat doré, puis bleuté, créant une image laser au modelé encore informe. Le quartz, servant à façonner l'image tridimensionnelle, était lové au cœur du système électronique et envoyait ses flux de photons à même l'enceinte tramée, permettant ainsi d'assembler le spectre lumineux par un truchement de micro cristaux. Tout d'abord floue, puis enfin distincte, l'image vacilla et se forma. La page d'accueil représentait le logo du tribunal populaire. Les gros doigts bagués du sénateur effleurèrent des touches ; des fenêtres s'ouvrirent, l'une après l'autre, entrant dans le cœur du système informatique des magistrats. Des dossiers s'étagèrent dans le menu. Il remonta l'éphéméride, juste quelques semaines avant que le destin ne s'empare de la vie du vieux guerrier : dossiers d'action en justice et procès divers défilaient sur la dalle lumineuse. Des noms et des dates s'inscrivaient progressivement sur les pages, autant de rappels pour la démocratie athénienne.

– Voilà ! s'exclama le seigneur Hector. Nous arrivons aux dates propices. Nous allons enfin découvrir les présumés coupables. Cher Ixion, vous trouverez votre suspect parmi les personnes soumises au tribunal des héliastes. À partir des visages et des voix vous pourrez connaître leurs identités consignées sur le site de l'Héliée. Ces images ont été enregistrées durant les jours des procédures judiciaires. Mais cela risque de prendre quelques heures pour retrouver votre principal coupable, mais le jeu en vaut la chandelle. Et si ces hommes ont regagné Athènes, leur temps de grâce est compté, quelques heures de liberté tout au plus.

Ixion déploya le menu : les dates, les heures et les personnes incriminées de délits d'initiés se succédaient. Il éplucha chaque audience filmée par la chambre des Héliastes, consulta les plaidoiries et les discours des avocats destinés à soutenir les différents inculpés. Il porta une attention particulière aux orateurs, écouta leur plaidoirie, afin de retrouver parmi les accusés le timbre des assassins du pauvre

Thanos. Son père, ainsi que le seigneur Hector, s'étaient éclipsés, laissant le marin seul, face à l'image qui embrasait le cabinet de travail d'un éclat luminescent.

Le temps s'écoula, déroulant les images des assises passées au peigne fin. Procès après procès, les films se succédaient et révélaient la somme de conflits, prises de positions, d'aveux ou de récusations de la part des divers intervenants. Il écarta une affaire, puis revint sur le film en question : l'avocat, planté au centre de l'hémicycle, clamait en faveur de son client, assis au premier rang. Ixion agrandit l'image de l'accusé. Celui-ci disposait d'une forte charpente, et sa physionomie, en gros plan, arborait des perles de sueur ; la sudation s'épanchait dans chaque repli de sa peau. Le juge intimait l'ordre au prévenu de se lever, afin d'éclaircir la Chambre sur l'affaire de corruption à laquelle il était mêlé. L'homme se redressa avec difficulté et s'épongea le front avec un mouchoir.

– Je ne peux que m'incliner devant la chambre de l'Héliée. Veuillez croire que cette confrontation avec la Justice permet de me remettre en question, énonça-t-il d'une voix éraillée.

Le juge acquiesça :

– La Cour ne peut qu'approuver un encouragement cheminant en ce sens. Seigneur Anthonis, remettez-vous en cause et peser toutes les conséquences de vos actes, afin d'éviter une récidive, qui finalement pourrait vous être fatale !

Ixion était enfin parvenu à donner un visage et un nom à la voix de l'assassin de son ami ; les dates du jugement, ainsi que toutes les références liées à l'accusé s'inscrivaient en coin de l'écran.

Le sénateur Hector bichonnait sa barbe frisottée. Ses gros doigts bagués arboraient des pierres fines : turquoises et améthystes qui égalaient le prix d'un deux pièces en plein centre d'Athènes.

– Ah ! s'exclama-t-il. Notre cher Anthonis est donc bien au cœur de toute cette affaire. Je n'en suis que peu étonné. Il a cette aptitude à s'immerger dans la corruption, et bien d'autres négoces aussi sordides. Comme vous le voyez, l'audience ressort en date du troisième jour de la deuxième décade du mois de l'hékatombéon[17] ! C'est-à-dire juste quelques semaines avant l'homicide, puisqu'il lui avait été intimé l'ordre de s'exiler. Nous allons donc prendre le taureau par les cornes et le forcer à plier. Il chutera par ce qu'il y a de plus inestimable pour lui : l'argent.

Chroniques de Déméter :
"... Je n'avais pas pensé qu'un homme puisse autant corrompre son frère (Antigone parlait d'un politicien chargé de le soudoyer afin de mettre un terme au projet 'Dionysos'), surtout lorsque celui-ci fait partie de la même fratrie. Croit-il que tout s'achète ?! Quelle que soit la somme de la dîme, je ne porterai aucune caution aux politiciens. Puisse notre bon Seigneur Dionysos m'entendre, car ma diplomatie est toute autre... elle œuvre pour le genre humain !"

Allocution du seigneur Antigone de Béotie, naturaliste et géologue du Collège des Sciences, sur la planète Tau-Thétis, le huitième jour de la deuxième décade du mois de Boédromion, durant la 1617e olympiade.

5

LE COLLET

Un grondement sourd, suivi d'un déchirement strident dominèrent la cité de la Nouvelle-Athènes ; l'éclair était probablement tombé tout près. La pluie diluvienne formait un rideau d'eau d'une force phénoménale et emportait dans son sillage les objets les plus divers. Le quartier était quasi-déserté, quelques véhicules empruntaient la bande bitumeuse, rejetant sur les bas-côtés des masses d'eau colossales.

Un véhicule s'arrêta devant une antique devanture. La vitrine présentait encore d'anciens produits bureautiques et des logiciels infographiques désuets. Le taxi déposa son client, puis repartit aussi soudainement qu'il était apparu. En descendant du véhicule, l'homme posa un pied dans une flaque d'eau, et tout en maugréant frappa sur le carreau vitré de la porte du magasin. Un homme de forte stature à la mine patibulaire le dirigea vers le fond de l'échoppe. Ils parcoururent ensuite un corridor, puis traversèrent une petite cour intérieure et entrèrent dans une autre bâtisse accolée à l'ensemble de l'édifice. Deux hommes de fortes statures s'accoudaient sur une table ronde. Ils attendirent que le mandataire s'assoie, afin de commencer leur conciliabule. Sur ce fait, le molosse se dirigea vers une autre pièce.

— Vous êtes en retard… Je ne supporte pas les dilettantes ! s'exclama Anthonis.

— Désolé, Seigneur ! Mais le facteur météorologique nous a contraints à …

— Nous ne sommes pas ici pour vous entendre discourir sur les aléas du climat, mais de ce que vous avez à nous proposer, coupa Anthonis. Cet instant m'est aussi précieux que les prunelles de mes yeux !

Le mandataire se sentait mal à l'aise parmi les mafieux d'Athènes. L'homme de main, Dymas, se situait sur la droite du négociant et le dévisageait fixement, tout en levant sa coupe de vin dont l'arôme âcre envahissait l'atmosphère du lieu.

— Suite à notre contact par courriel, je vous confirme que nous sommes prêts à négocier la vente d'un porte-conteneurs et de son chargement. Les containers ne comportent aucun produit de denrées périssables. Vous trouverez sur cette feuille tout le fret susceptible de revente. L'émissaire tendit le pli au seigneur Anthonis. Le sénateur lut à voix basse le contenu des cales et des conteneurs, il releva la tête et vociféra au commissionnaire des affaires portuaires :

— Soit vous nous prenez pour des incompétents, soit vous nous prenez pour des imbéciles. Le bois de la région d'Eschyle est soumis à un embargo, suite aux conflits qui opposent l'État aux tribus de cette région. Lors de notre dernier entretien, vous ne nous aviez pas révélé que ce bois en était issu ? Au moindre écoulement du produit illicite, celui-ci sera confisqué et nous serons soumis à une expatriation.

— Seigneur, vous connaissant, ce détail ne peut en aucun cas vous écarter de vos affaires. De plus… Le blocus a favorisé une hausse du cours marchand de ce bois si précieux. Avez-vous compulsé le prix en cours du marché du chêne d'Eschyle, Seigneur Anthonis ?

Anthonis ramena le document devant ses yeux. Pendant ce temps-là, Dymas achevait sa coupe de vin liquoreux, tout en saisissant d'une oreille attentive le monologue de son patron.

— …porte-conteneurs de vingt-huit mille tonneaux, propulsion par MHD[18], supraconducteurs refroidis à l'hélium et vitesse de croisière de seize nœuds. Dites-moi cher ami, ce navire est une antiquité !

— Il est vrai que ce vaisseau n'est plus récent, mais c'est une occasion à saisir. Sa taille est certes modeste, mais ce cargo vous permettra de participer à bien des négoces juteux, tout en vous garantissant des soupçons des Affaires Maritimes…, lui murmura-t-il. De plus, nous nous sommes personnellement acquittés des démarches administratives, de la transaction avec l'ancien armateur et des… subtiles modifications des plaques de police d'assurance, rajouta-t-il en baissant à nouveau le ton.

Un silence pesant tomba sur l'ensemble des intervenants : l'intermédiaire était assurément fort déstabilisé par ce négoce qu'il avait du mal à diriger de main de maître.

– Seigneur Anthonis ! Ce navire est armé d'un générateur magnétohydrodynamique, ce n'est pas une propulsion Diesel ! affirma-t-il.
– Quelques photos ne me suffisent pas, je veux pouvoir inspecter le navire, des cales jusqu'au ponton, et cela avant de signer toute transaction.
– Seigneur, c'est bien la première fois que vous prenez ce genre d'initiative envers notre organisme ! N'avez-vous donc plus confiance en notre professionnalisme ?
– Les temps ont changé, autant pour moi que pour vous. Vous devez accepter mes clauses, auquel cas, je ne porterai aucune caution à ce contrat ! Vu les antécédents du navire je demande une remise de vingt pour cent sur le reliquat, et cette somme ne pourra en aucun cas être modifiée, même pour des formalités administratives !
– Je vous reconnais là, Seigneur. Vous êtes coriace en affaire. Pour la visite du vaisseau, cela peut se réaliser, le mandataire compulsa son carnet de rendez-vous, disons… dans deux jours. Nous vous contacterons dès demain en fin de matinée, pour officialiser la date du transfert, le montant de la transaction et l'heure du rendez-vous.

Lorsque le courtier ressortit de la boutique, le ciel sombre de Déméter grondait ; une dépression s'abattait sur les trottoirs de la Nouvelle Athènes. Des écharpes de brouillard végétaient au-dessus du port du Pirée. Elles serpentaient entre les hangars et les docks désertés, de la dernière section du port.

Quatre spectres, enveloppés de brume matinale, traversèrent le ponton d'embarquement où le clapotis des vagues venait heurter les flancs d'un navire. Le commissionnaire précédait la cohorte mafieuse, composée d'Anthonis, de Dymas et d'un colosse : sûrement le futur capitaine du monstre d'acier. Anthonis était d'humeur bougonne. Malgré les vapeurs de brouillard, il tournait la tête à droite et à gauche, et notait mentalement les qualités et les défauts du porte-conteneurs. Les hommes traversèrent des coursives, avant de se retrouver au cœur de la salle de navigation. Le négociateur décrivait les installations qui formaient l'ensemble du tableau de bord. La surface vitrée permettait de distinguer la plate-forme d'où émergeaient quelques îlots de conteneurs ; leurs ventres recelaient des produits manufacturés ou des stères de chêne.

L'intermédiaire mit en route quelques écrans de terminaux de radars. Les diodes illuminèrent les faces lugubres des hommes. Et pour démontrer toute la magnificence du système embarqué, le courtier démarra la transmission par MHD, enclavée dans les soutes du navire.

Au mouvement de tête venant de son maître, le futur capitaine se rapprocha du terminal. Le seigneur Dymas demanda au courtier le code d'accès au disque dur. Ce dernier hésita, puis lui donna les coordonnées d'entrée du système. Le colosse introduisit les données et parcourut les différentes fenêtres donnant accès au cœur du processus informatique. Pendant que le serviteur officiait sur l'écran, le seigneur Anthonis fit des remarques sur les défauts du système de pilotage. Le démarcheur resta un moment coi, puis lui signala que cette vétusté était tout à fait normale, du fait de l'âge du cargo. Pour lui prouver sa bonne foi, il emmena le groupe dans la salle des machines, en laissant le futur commandant de bord décortiquer les données du cerveau du monstre métallique. Les trois hommes passèrent en revue les moteurs où trônaient le MHD et la pièce maîtresse où demeurait le système de refroidissement par hélium, conçu pour rafraîchir les supraconducteurs. Anthonis sembla satisfait de l'ensemble des éléments. Il était même étonné de l'état de conservation de la machinerie. Expert en automatisation, on ne pouvait pas le berner. Après un passage aux différents étages - les chambres des hommes d'équipage et la cuisine -, ils remontèrent vers le pinacle de la nef, où quelques mèches de brouillard s'y accrochaient encore.

En franchissant le seuil de la salle de commande, ils furent surpris par l'agressivité des hommes de main de la police scythe. Une dizaine de gardes pointaient sur eux des foudres automatiques. Les lances pouvaient larguer des décharges électriques de plusieurs voltages de quoi vous étourdir ou vous réduire en tas de cendre, suivant le cas !

Le seigneur Hector surgit d'un recoin, accompagné du capitaine de la garde, d'Ixion et de Lysandre. Le colosse avait été contraint de rester devant la console, afin de simuler l'attention qu'il portait sur les écrans de contrôle. Le sénateur Hector se rapprocha d'Anthonis. Il se trouvait si proche du visage du malfrat, que son haleine parvenait jusqu'à lui. Le malfrat lui rendit un sourire narquois, tout en lui tançant :

– Seigneur Hector ! C'est tout ce que vous avez trouvé pour venir gâcher ma journée ?

– Taisez-vous Anthonis ! Vous parlerez lorsque je vous le dirai ! Gardez plutôt votre salive pour le jour où vous passerez devant le tribunal du Dikastai[19].

Le capitaine de la garde se rapprocha des deux hommes :

– Allez-y capitaine ! Éloignez ce requin de ma vue, qu'il aille exhaler son infâme moralité dans l'antre d'une geôle d'Athènes !

– Seigneur Anthonis ! Vous êtes arrêté pour homicide,

corruption et rupture d'ostracisme.

Le capitaine immobilisa les mains du criminel dans son dos et les scella par des bracelets auto ajustables. Le seigneur Hector apostropha Anthonis lorsqu'il passa devant lui :

– Un conseil ! Prenez un logographe[20] de votre trempe, vous en aurez besoin !

Anthonis longea Lysandre, Ixion et le prestataire qui devait lui vendre le navire ; il força le capitaine de la garde à s'arrêter et interpella le courtier :

– Vous m'avez dupé ! Croyez bien que vous entendrez parler de moi !

Le militaire contraignit son prisonnier à suivre l'unité d'élite, qui descendait déjà du ponton pour aller rejoindre les fourgons.

Au-dessus du port du Pirée, l'astre Phébus prenait de la hauteur, ayant absorbé par son feu dévorant les derniers embruns recouvrant le port du Pirée.

Chroniques de Déméter :
"... C'était du temps où je demeurais au sein de l'université, je prenais fréquemment cette petite ruelle, où les éphèbes exprimaient leurs doux émois sous forme de graffiti. J'aimais parcourir ces merveilleuses déclarations enflammées s'étalant tout le long du mur d'enceinte, où la dramaturgie se mêlait à l'effervescence des cœurs meurtris par le temps et l'espace ; il y avait un poème, un peu gauche, d'un éromène déclarant sa flamme à son éraste, et finissait par exposer sa tentation de mettre fin à ses jours si son amour ne revenait pas vers lui...
Quelques jours plus tard, je pris connaissance du tragique suicide de cet enfant, d'ailleurs très bon élève, voué à un avenir prometteur. Mes enfants, en ces lieux chargés d'histoires, je viens vous conseiller de ne pas commettre l'irréparable. Ne vous laissez pas séduire par de pompeuses déclarations d'amour venant de notables abordant l'âge de la vieillesse ; ils ont certes une influence sociale importante, mais vous risquez de passer à côté de l'essentiel et de vous éloigner de vos impératifs... Tant de jeunes y ont perdu la vie... ainsi que le privilège d'un avenir promu à la réussite professionnelle, familiale, et surtout spirituelle. Le seul chemin qui vaille la peine est celui qui mène à notre Éros Ourania..."

Allocution du seigneur Antigone de Béotie, naturaliste et géologue du Collège des Sciences, l'amphithéâtre de l'université d'Athènes, le cinquième jour de la troisième décade du mois de gamélion, durant la 1618e olympiade.

6

LES SIRÈNES DE L'AMOUR

L'étoile irradiait au-dessus des toitures d'un des plus beaux quartiers de la Nouvelle Athènes. Le chant de l'eau murmurait en fond sonore ; l'eau réfléchissait quelques cirrus qui cheminaient au-dessus de la belle cité. Bien que jamais séduit par la littérature, Ixion plongea son regard dans une des œuvres de la bibliothèque de son père adoptif. Depuis la tragédie de Xartès, il révélait ces derniers jours de subtiles modifications dans son comportement.

Le marin ne pouvait se résoudre à demeurer plus longtemps sur Athènes. Le vaisseau devrait accoster incessamment sur le port du Pirée, et profitant de ses affaires maritimes, il embarquerait de nouveau pour des voyages dépaysant et fructueux.

Avant son départ, il demeura chez son père à contempler ce jardin des Hespérides. Une clochette retentit et rompit l'harmonie de ses pensées lyriques. Cléon, le serviteur, accourut vers l'imposante porte de la résidence. On lui remit un pli, qu'il s'empressa de transmettre au vieux sénateur, cloîtré dans son cabinet de travail. Quelques instants plus tard, tenant le courrier à la main, le visage de seigneur Lysandre rayonnait.

– Mon fils, cette missive est de bon augure ! Le Seigneur Talos souhaite nous avoir à sa table.

– Le magistrat Talos ? Celui-la-même qui fut menacé par cette crapule d'Anthonis ? interrogea Ixion.

– Lui-même !

Le ciel couleur sang et or, couvert d'un moutonnement nuageux, laissait le soleil s'enclaver sur les toitures des demeures et des temples de la basse-agora. Le taxi à coussin d'air déposa les deux hommes sur le parvis de la maison du magistrat. Les grilles en fer forgé laissaient entrevoir le parc du sénateur Talos. Elles s'ouvrirent par un système d'automatisation. Lysandre et Ixion s'avancèrent sur l'allée de terre battue. De grands arbres centenaires bordaient la demeure du parlementaire : gardiens de chênes, mélèzes et châtaigniers offraient leur silhouette sur un rai de lumière écarlate. Le gazon s'étalait entre leurs fûts, assombris par le contre-jour, et allait s'évanouir au pied des buissons et autres bosquets savamment entretenus. L'accès à la résidence passait devant un oratoire veillé par un saule dont son rideau de branches lascives en recouvrait le dôme. La chapelle recueillait en son sein une niche : La cavité recelait la statue d'une divinité, cachée par l'encre de la nuit.

Les deux hommes parvinrent devant le seuil de la résidence traitée à la chaux. La façade, de style ionien, présentait une rangée de colonnes cannelées. Les piliers faisaient front au jardin et renvoyaient leurs ombres immenses s'étaler sur l'esplanade de l'entrée. Proches du faîtage, des frises et des moulures parcouraient les murs de l'habitat. Une corniche saillait, amplifiant ainsi la profondeur du relief de la demeure. Par intervalle régulier, des bustes dressaient leurs visages angoissants aux yeux de nos invités. Lorsque le valet referma derrière eux la porte d'entrée, la borne suintait des huiles essentielles. Un puissant parfum de jasmin émanait de la stèle où un Hermès était gravé dans le marbre jaune.

Ils se retrouvèrent dans le salon ; la pièce de réception était de toute beauté, digne des plus riches maisons aristocratiques de la cité. Une moulure en stuc ceinturait agréablement la pièce. Un impressionnant lustre en larmes de cristal trônait au plafond, et irradiait d'une faible luminescence l'espace de réception. Les deux hommes s'allongèrent sur des causeuses. Bordant la cloison opposée, une niche sacrée habitait la déesse Hestia. La déité était plongée dans sa position méditative, nimbée par le feu sacré lové au sein du vase ritualiste. La divinité du foyer semblait étudier les humains et leur soliloquer quelques sages réflexions : *"Qu'avez-vous donc fait de vos foyers ?"*

Sous le lustre, une table de bois rare réfléchissait les reflets du luminaire. Les pieds galbés, terminés de pattes de lion, adoucissaient les formes du mobilier massif. Le silence imposait sa présence, l'habitation semblait vide. On connaissait cette subtile *"discrétion athénienne"*, à laquelle tenaient tant les notables des Hellènes calfeutrés au sein de leur logis. Au-dessus des têtes des deux hommes défilait un ensemble de plaques en bronze polies, dont les œuvres d'airain retraçaient les combats d'antan, entre les phalanges helléniques et les lanciers perses.

En attendant le maître de maison, l'esclave leur apporta quelques délices sucrés. Une jeune domestique surgit, et déposa sur une gondole deux coupes de rhyton, dont la blancheur du lait de chèvre frais contrastait avec le brun des réceptacles. La base des récipients formait une tête de lion rugissant. Ils revendiquaient une "soif immatérielle", que l'hôte de cette demeure tardait à leur délivrer.

Le magistrat apparut soudain, accompagné de son indispensable serviteur. Il tendit ses bras, tout en orientant les paumes vers l'imposant lustre du salon :

– Mes amis. Quelle joie vous me faites d'avoir accepté cette invitation !

Son sourire jovial accentuait des joues bouffies.

– Seigneur Talos. Nous serons vos hôtes serviles, le temps de cette soirée, répondit Lysandre.

Alors que les présentations s'éternisaient, l'esclave en profita pour emplir la coupe de son maître d'un lait crémeux. Talos était vêtu d'une tunique de soie pourpre, savamment décorée de frises dorées. Le chiton produisait des reflets irisés. Malgré son âge, une chevelure dense révélait des mèches d'un ton noir corbeau. Sa crinière retombait sur de larges épaules. Son regard révélait une forte personnalité, et sa bouche charnue appréciait des mets aussi fins que rares. Des sandales aux attaches dorées exposaient un dessus de pied velu, dont les orteils aussi proéminents que ceux d'un singe s'y engonçaient dedans.

– La déesse Hestia vous souhaite la bienvenue, dans notre humble maison !

Le sénateur s'approcha d'Ixion et agrippa ses grosses mains sur les épaules du jeune marin :

– Voici donc mon sauveur ! Mon Héraclès !

– Seigneur ! Je n'ai fait qu'accomplir mon devoir, que tout représentant du peuple des Hellènes en aurait fait de même...

Talos fit des gestes de futilité :

– Que me dites-vous là, mon jeune ami ! Si l'on devait chiffrer le nombre d'individus agissant comme vous, je suis certain que sur cent personnes trois seulement auraient pris la peine d'agir de la sorte. Et croyez-moi, je parle en connaissance de cause.

Ils levèrent ensemble les coupes de lait frais :

– À Amalthée ! Déesse nourricière de notre bon

Seigneur Zeus.
– À Amalthée ! répliquèrent-ils en cœur.
La cour à péristyles présentait de discrets lampadaires, et apportaient leurs pâles éclats lumineux à la fontaine. Son chant discret apaisait les esprits rebelles et les âmes en peine. La pièce de réception se reflétait sur l'étendue de verre. De l'autre côté, des rais de lumière s'accrochaient sur les colonnades. L'autel des anciens s'enclavait dans le mur opposé, et lâchait ses fumerolles d'encens. Allongés sur de somptueux canapés, les trois hommes causaient de l'état du monde. Au fond de la pièce, l'âtre attendait ses heures d'embrasement. A cet instant, le foyer dégageait seulement de "flammes" esthétiques ; le corps de la cheminée s'ornait de démons, génies et autres divinités des Hadès. L'un des héros représentait un Héphaïstos au torse puissant, combattant les forces d'Hadès grâce à l'appui de son marteau. Deux vases en métal repoussé trônaient aux extrémités d'une enfilade. Le gris argenté des cratères accrochait les éclats scintillants du lustre, amplifiant ainsi le modelé des personnages féminins, dont le drapé de leurs toilettes revêtait d'agréables formes sensuelles.

Le sénateur souleva le rhyton de cristal de son socle. Le récipient contenait un mélange de vin fin issu de la Nouvelle Thessalie, coupé à part égale avec une eau fraîche afin d'en atténuer le pourcentage éthylique. La coupe ciselée comme son contenu empourprée étaient aussi agréables à contempler. Les deux autres hommes levèrent leur calice, et offrirent les effluves âcres aux divinités dionysiaques.

– Le sénateur Anthonis déplorera s'être aventuré sur des chemins de traverses ; la lame scythe[21] ou l'extradition vers le système solaire de Daedalus[22] sera sa destinée ! s'exclama Tanos.

– Qu'en est-il de vos récents conflits avec le fonctionnaire de la voirie ? lança Lysandre.

– Mon ami ! Cet homme est le plus grand des malandrins venant de l'opposition sénatoriale ! Ce fonctionnaire continuait de me soutenir que mon mur d'enceinte, récemment restauré à mes frais, dépassait d'un pied sur la voirie communale. Il a fallu faire venir, et cela à ma charge, un inspecteur des Poids et Mesures pour lui faire entendre raison. Enfin ! Ceci fait désormais parti du passé, grâce à Zeus !

Un Myrmidon[23] déboula comme un fou dans le salon. L'enfant s'agrippa aux jambes de son père.

– Père ! Ioanna m'a grondé !

– Mon fils, si Ioanna vous a réprimandé, c'est qu'elle avait de bonne raison ! répondit le seigneur Talos.

– Mes amis ! Je vous présente mon fils Orion. C'est un sacré garnement, malgré tout, comme tout bon père je suis trop généreux avec lui. L'enfant sourit à l'adresse des invités. Il n'atteignait pas les cinq ans et avait un visage de coquin, un enfant malicieux sachant tromper son monde. La nourrice débarqua peu après, et s'inclina, attendant que son maître intervienne le premier.

– Qu'a donc fait ce garnement, Ioanna ?

– Seigneur ! Il s'est permis de chiper des friandises dans le garde-manger. Puis il a osé accuser le pauvre Nikolos de ses propres méfaits, et cela à ma maîtresse.

Le magistrat regarda son fils droit dans les yeux :

– Est-ce vrai, Orion ?

Pour toute réponse, l'enfant fixa le sol dallé. Le seigneur Talos réitéra sa question en insistant d'un ton plus ferme.

L'enfant souleva la tête :
– Oui, père !
– Nous répondrons de cet acte plus tard, mais c'est de dénoncer faussement autrui qui est grave. Pour l'instant retourne auprès de ta mère, elle ne saurait tarder à s'annoncer à nos invités.

Accompagné de la gouvernante, l'enfant ressortit de la pièce sans un mot. Les trois hommes se restaurèrent des mets contenus dans les plats d'argent, agencés sur une table basse.

Lysandre rompit le silence :
– Vos affaires sont-elles florissantes, cher ami ?
– Si mes taxes d'*agoraia telè* et de *dekatè*[24] étaient moins onéreuses, je pense qu'effectivement elles le seraient !

Le sénateur sourit de la tournure de sa phrase.
– Soit dit en passant, je n'ai pas à me lamenter sur la valeur de mes investissements. La liturgie en sus, cet impôt est l'aboutissement tout à fait légitime de mon implication au sein du
Sénat. Et je me dis que cette contribution fiscale encourage la croissance de la cité. Chaque homme est destiné, un jour ou l'autre, à participer aux affaires de l'État. Il ne peut qu'apporter une pierre supplémentaire à l'édifice de la structure vivante de "l'Attica Respublica". Alors, offrir une partie de mon capital à la cité, en est une conséquence évidente.

Le seigneur Talos se frottait le menton, dont la toison bouclée enveloppait son visage rondelet.

Le faible écho de la fontaine parvenait jusqu'aux

invités ; son chant engourdissait les sens, déjà assoupis par les divers mélanges de nectar absorbés par les convives et leur amphitryon. Durant une phase de silence – où le temps semblait suspendu, figé par un Chronos oublieux de ses fonctions –, une divine Aphrodite émergea dans le salon : elle semblait sortie d'un mythe panathénien. Accompagnée de la première de ses suivantes, elle s'approcha des hommes. Ses cheveux d'un noir onyx recouvraient de fines épaules, et des agrafes d'or retenaient le haut du chiton. Un bandeau de soie rubis ceignait sa chevelure de déesse, et son regard de braise accrocha celui du marin. Ixion fut sous le choc : l'image de cette déesse émergeait d'un merveilleux éther et enfantait des plastiques admirables. Les yeux de dame Héra dardaient des éclats d'un bleu outremer, et captivaient le regard de n'importe quel homme.

Un mince trait sur les sourcils encadrait les fenêtres de l'âme. Ixion contempla sa bouche, d'une généreuse sensualité. Elle l'ouvrit délicatement, révélant une dentition aussi parfaite que le reste du visage.

– Mes seigneurs ! Puisse Athéna vous apporter en cette demeure la paix de l'âme.

D'un seul bloc le trio se leva. Le seigneur Talos effectua un baisemain, et présenta les convives à Héra.

– Mon amie, je vous présente le Seigneur Lysandre et son fils Ixion.

La première dame de la maison offrit sa main aux doigts déliés, d'abord au plus âgé des hommes. Puis elle s'approcha du marin et lui lança un regard hypnotique. Ixion se sentit soudain flageolant devant cette nymphe si envoûtante. Lui qui ne côtoyait que des filles faciles, des débauchées, dont les semelles gravées laissaient une étonnante empreinte : *"Suis-moi !"*. Il se sentit pétrifié, comme au premier rendez-vous amoureux d'un éphèbe.

– Vous êtes donc le jeune héros de cette affaire sanglante ? Vous avez sauvé mon époux et mon foyer d'un sort funeste. En tant que maîtresse de cette maison vous avez toute ma gratitude.

Des pendeloques d'argent se balançaient au gré de ses mouvements. Sur les disques de métal, des déesses lascives y étaient gravées. Au bout des chaînettes, des gouttes de rubis gravitaient et effleuraient de temps à autre son cou élancé. Ixion était immergé entre deux mondes ; déchiré à la fois par des fantasmes, et la nécessité de garder le respect sous le regard bienveillant de son hôte. La suivante secoua des coussins de soie placés sur un canapé. La dame s'y allongea d'une sensuelle féminité. Sa tunique remonta subtilement, et dévoila en partie de ses jambes de lait fuselées.

– Mon amie, notre fils est-il dans sa chambre ?

– Orion a rejoint le monde de Morphée. Auparavant, ce coquin a présenté ses excuses à Ioanna, ainsi qu'à Nikolos.

– Mon Seigneur ! Dès demain, soyez indulgent avec lui ! exprima dame Héra.

Talos dirigea la tête vers le plafond, dans l'attente de l'approbation des divinités. Il engouffra ses gros doigts dans la jungle frisotée de sa barbe.

– Nous sommes vraiment trop laxistes avec notre enfant, mais il m'est agréable en cette soirée de laisser les muses venir nous surprendre, et profiter pleinement des sentiments de joie et de bonne humeur qu'elles veulent bien nous offrir.

La maîtresse de maison n'insista pas, et plongea ses doigts effilés dans la vaisselle d'argent aux ciselures si attrayantes. Héra souleva quelques grappes de raisin ; la douceur de ses grains laissait deviner un terroir ensoleillé. Puis elle immergea le bout de ses doigts dans le rince-doigts : la rusticité du chernibon[25] contrastait avec l'argenterie. Le temps s'étirait, laissant les humains à leurs causeries de mortels et les divinités à leurs regards importuns. Tout en causant, Héra jouait de son bracelet : une parure métallique dotée aux extrémités par deux têtes de lions suggérant le rugissement. Des dissensions muettes entre félidés. Mais laquelle des deux faces animales avait la faveur de leur maîtresse ?

Ixion ingurgitait ses mets avec maladresse. Les aliments semblaient insipides et les breuvages alcoolisés frelatés. Il n'avait de cesse de trouver dans son champ de vision l'image obsédante de la divine Héra. Le marin était devenu coi depuis l'entrée en scène de la "dame de cœur". Il fut pris de cours lorsque le seigneur Talos interrompit sa fascination :

– Seigneur Ixion, vous semblez vous ennuyer en notre compagnie. On ne vous entend point discourir sur les faits de la politique intérieure de l'Empire ! Êtes-vous donc si désintéressé de
l'Attica Respublica ?

– Point du tout, Seigneur Talos, mais toute cette mésaventure, depuis la mort de mon ami Thanos, a perturbé quelque peu mon sens de la civilité athénienne.

La maîtresse de maison s'engouffra dans la conversation et s'adressa à son mari :

– Mon ami, vous voyez bien que notre invité est affligé par la perte d'un être cher. Soyez plus clément à son égard !

Tout en causant, elle décocha un regard de braise sur

le marin, doublement troublé. La soirée se termina sur la promesse de se retrouver – d'ici quelques jours – au sein du théâtre de l'Odéon.

  Alors que son père s'était éclipsé quelques heures, le temps d'un rendez-vous, Ixion prenait son petit déjeuner, constitué d'une galette d'orge tartinée de fromage de chèvre frais, le tout accompagné d'une coupe d'hydromel parfumé à la cannelle. Des arabesques au ton crémeux décoraient le pourtour du tapis octogonal, où la table basse plongeait ses pieds contorsionnés. À l'extérieur, les martinets avaient senti les premiers frimas de l'hiver approcher. Les fleurs du bassin s'étaient ternies, affadies par les couleurs d'un ciel uniforme. Elles amorçaient leur cycle hivernal, et renvoyaient leur suc vital au tréfonds de chaque bulbe – dernière phase avant l'arrivée des premières froidures.

  Tout en se restaurant, Ixion songeait à ses jours de congés qui arrivaient à terme. D'ici trois jours, le navire accosterait à l'embarcadère du Pirée. Le temps d'un transfert de marchandises et le vaisseau reprendrait la mer vers des horizons nouveaux. Il souleva sa coupe d'hydromel : à la surface de l'ambroisie, l'image rémanente de la séduisante Héra y ondulait voluptueusement – jambes étendues et doigts bagués.

  La journée s'étira, interminable. Troublé, Ixion ne trouva pas le repos de l'âme jusqu'à ce que la lune montre sa face lugubre : un mince croissant effilé entaillait la trame du ciel, dont le gris cendré du firmament donnait à l'ouvrage sidéral un aspect froid et angoissant ; la déesse Hécate trônait sur la voûte céleste.

Chroniques de Déméter :
"... Lors de notre dernière rencontre, je vous avais fait part, brièvement, d'un article paru dans la presse concernant l'horrible assassinat d'un illuminé ayant pratiqué les sacrifices dionysiaques sur le mont Cithéron, afin d'obtenir l'ultime symbiose avec notre seigneur Dionysos Mainoménos. Un groupe de pèlerins tomba sur sa dépouille : peu avant cette terrible découverte, le malheureux fut démembré, mis en pièces, sûrement par des prêtresses bacchantes... Qu'avait-il donc dans la tête ? n'a-t-il pas réfléchi un seul instant que ce rituel est uniquement pratiqué par les femmes ? En tout cas en cette région sacrée. Il a pratiqué le sparagmos, l'art de l'omophagie... Ce rituel est destiné aux femmes, car notre Seigneur joint les opposés afin d'affirmer la complémentarité. Le sparagmos est une magie fécondante, une œuvre permettant d'établir une union entre la Terre nourricière et la caste matriarcale... Rien de plus !"

Allocution du seigneur Antigone de Béotie, naturaliste et géologue du Collège des Sciences, à l'amphithéâtre de l'université d'Athènes, le sixième jour de la troisième décade du mois de gamélion, durant la 1618ᵉ olympiade.

7

ODE À DIONYSOS

Un bruit assourdissant de frelons occupa l'espace de l'Odéon : un essaim de spectateurs envahissait les estrades et les gradins du théâtre. La plupart des spectateurs se composaient des trois plus hautes classes sociales de la Nouvelle Athènes : armateurs, commerçants et riches négociants s'y retrouvaient, afin d'affirmer leur présence aux aristocrates. Ce n'était plus un plaisir, mais un devoir de prouver que " Nous sommes là !", et contrecarrer l'oligarchie afin d'influer sur le Sénat.

Le dôme semi translucide arborait des vitraux d'une taille impressionnante : une nymphe, drapée dans son vêtement aérien, sortait des eaux et fuyait les ardeurs d'un satyre impétueux. Elle dévoilait une plastique dont la rondeur attisait les désirs libertins.

Soixante coudées plus bas, la foule pénétrait dans l'hémicycle. Les places étaient attribuées selon le degré de richesse. On apercevait quelques grands sénateurs, dont l'archonte
Coros, s'installant au plus près de la scène. Sa dame, de forte corpulence, déployait tout son faste en arborant une robe chamarrée. Ixion et son père vinrent se placer sur des gradins situés bien plus haut. Le point de vue se situait en surplomb et permettait d'apprécier la scène d'où émergeraient les différents chœurs mis en compétition. Malgré l'ampleur du théâtre, on savait d'avance que bon nombre de personnes seraient refoulées dès l'entrée ; mais le public n'aurait plus qu'à se diriger vers l'écran géant, monté pour l'occasion sur l'immense stade de Zeus Horkios.

Lysandre, le père d'Ixion, portait pour l'occasion une tenue ordinaire : la pelisse recouvrait une tunique au drapé simple. Le vêtement révélait la modestie de l'étoffe. Le vieux négociant ordonnait savamment les fronces, offrant malgré tout un effet de densité et de noblesse, élégance appropriée à son statut de commissionnaire d'État, voué corps et âme à sa profession.

Les trois-quarts de l'hémicycle étaient déjà garnis, lorsque le seigneur Talos et Dame Héra pénétrèrent dans l'aile droite du troisième étage. À leur vue, Ixion et son père se levèrent. Le sénateur imposait sa forte personnalité dans ses habits de marque : une chlamyde[26] soyeuse – sûrement de la laine mohair – maintenue par une agrafe en forme de bouclier, dont l'insigne de l'hydre arborait le lien de filiation qui l'unissait à sa fratrie.

Héra sortit de la pénombre ; sa chevelure d'ébène, relevée et retenue par une résille imperceptible, égayée par de fins rubans multicolores, amplifiait son charme. En apothéose, une cigale dorée ornait sa coiffure ; insecte aurifère, dont les ailes de cristal – entrelacées de nervures en fils d'or – déployait une parcelle du spectre solaire. Une parure de perles tintait à chaque oscillation de son superbe visage. De fines tubulures d'argent s'entrechoquaient, accaparant l'attention d'Ixion. Il s'approcha de la dame et lui fit un baisemain sur une peau de pêche veloutée aux fragrances de rose et de lilas mêlés. Un tore[27] d'argent encerclait son avant-bras en une circonvolution reptilienne. Ixion était subjugué par tant d'artifices. Accompagnée d'une désinvolture manifeste, elle ouvrit son éventail de nacre et d'ivoire. Tout en s'éventant, la dame redressa son port de tête :

– Voici donc mon champion !

Elle détailla le costume du marin :

– Vous méritez une tenue à la hauteur de votre bravoure. N'avez-vous donc aucune égérie pour vous guider dans vos choix vestimentaires ?

Le magistrat durcit le ton envers sa dame :

– Mon amie, soyez plus avenante envers ce jeune athlète. Il mérite bien plus que des critiques !

– Mon époux ! Je ne fais que piquer ce valeureux marin, afin de mesurer sa ténacité.

Elle retourna son visage envoûtant vers Ixion et lui adressa ces propos :

– Il m'est agréable de sonder la vigueur de ceux qui me sont proches.

– Asseyons-nous ! s'exclama Lysandre, l'archonte Coros devrait ouvrir le concours.

Des magistrats du Parlement et quelques stratèges prirent place au plus près de l'orchestre. La sécurité veillait à ce que l'organisation du flux humain et du maintien de l'ordre se déroule avec rigueur. Le sénateur Coros se leva et se dirigea vers la scène, où les chœurs, les comédiens et les poètes ne tarderaient pas à pénétrer. Il portait un micro au plus près de sa bouche ; d'un signe de tête, le technicien de la sonorisation lui signala qu'il pouvait s'exprimer. Puis d'un sourire, dirigé d'abord vers sa dame, toute excitée de le voir en si bonne posture, il ouvrit le ban festif :

– Honorables collégiaux de la prêtrise d'Athènes, sénateurs et stratèges, anciens de la Stoa[28] et citoyens de la Nouvelle Athènes ! Il m'est en cette soirée fort agréable de participer à ces Dionysies automnales. Si la veille nous étions en communion avec les Augures, ce soir nous serons accompagnés de l'aède Apollon et des facéties de la divine "comoedia", dont choristes, poètes et comédiens essaieront de combler votre désir de culture et de chimères. S'il y a une enceinte où toute la communauté peut se rencontrer en toute équité, c'est bien à l'Odéon. Depuis mes premières fonctions de sénateur, je n'ai eu de cesse de mettre en avant les bénéfices qu'apportent la culture et le sport au sein de la société hellénique. Accompagné de mon équipe et malgré les diverses entraves budgétaires, liturgiques, voire politiques, que chaque archonte affronte durant son mandat, je me suis toujours efforcé de prôner la voie de la connaissance... car c'est bien par elle que cet illustre peuple trouve encore sa raison d'avancer sur le long et difficile chemin de la civilisation. Depuis nos pères, que de routes sinueuses nous avons parcourues, que de conflits n'avons-nous pas essuyés : tant intra-muros, qu'avec le peuple perse. Et à chaque fois nous nous retrouvons autour d'un banquet ou sur les gradins d'un théâtre ou du stadium. Voilà ce que désire le peuple athénien ! Et non des querelles à l'Écclésia ou au Bouleutèrion...

    La populace se leva d'un seul bloc et applaudit à cette allocution enflammée. Certains se mirent à huer, aussitôt étouffés par les ovations de leurs opposants.

    – Non mes amis ! L'heure n'est pas à l'attaque contre une quelconque adversité politique, mais à la puissance fusionnée de nos pouvoirs créatifs ! Toute personne de cet hémicycle, dédié à Dionysos et à Apollon[29], est une particule intrinsèque de l'élément culturel hellénique. Vos oppositions sont vos forces ! Maintenant assez tergiverser, et si vous le voulez bien, ouvrons sans tarder la saison automnale des Dionysies.

    Après des bravos et des vivats à l'attention du sénateur Coros, deux éphèbes s'avancèrent vers l'enceinte théâtrale, portant à bout de bras une vasque, dont le feu sacré dansait, perturbé par un courant d'air chaud.

    Au centre de la scène trônait le flambeau en hommage à Dionysos. L'archonte s'approcha de la vasque, supportée par un piédestal en aluminium brossé. Un des deux jeunes lui confia un ciboire d'or et d'argent. Le politicien déversa le contenu carmin au sein de la flamme ; celle-ci vacilla sous l'assaut de la liqueur vinicole, puis l'éclat reprit, illuminant la face radieuse du seigneur Coros :

– Gloire au Seigneur Dionysos ! Inspirateur des poètes, des chanteurs et des danseurs des écoles athéniennes. Le socle d'airain sacrera les plus illustres des choreutes, dont vous apprécierez ce soir leur vocalise. Par ce rituel, je déclare l'ouverture du concourt !

La salle l'ovationna à nouveau : le son se répercutait sur les gradins de l'amphithéâtre. La scène se vida de ses occupants ; les deux éphèbes repartirent emportant la coupe. Le fanal se retrouva au pied de l'estrade ; phare incandescent attirant dans son antre quelques phalènes égarées. La lumière projetée par les suspensions à arc laissa place à une pénombre lourde. Les projecteurs de poursuite prirent le relais, et la scène enfanta un décor de murs et de colonnades en carton-pâte, dont la machinerie et l'ingénierie de l'automatisme y étaient savamment occultés. Chuchotements et conversations feutrés prenaient le pas sur l'apologie didactique de l'archonte, laissant perdurer des causeries des plus graves aux plus banales.

Le souffle de Dionysos allait enfin pouvoir investir le Théâtre, chevauché par les muses et les égéries des artistes.

"Ah ! Mon bon Seigneur ! Que vous dire de plus ? Si ce n'est qu'au crépuscule, votre dame laissa sa porte entrouverte, permettant de laisser pénétrer le seigneur Eryx au sein du gynécée..."

L'homme qui parlait à son maître tenait le frêle aventurier par le col de sa toge. L'amant, débusqué par le serviteur de l'époux cocufié, faisait pâle figure. Les faisceaux de poursuite s'attardaient sur les protagonistes de cette "comoedia", dont le pivot de la pièce tournait autour des mœurs de la haute bourgeoisie athénienne. Le galant se retrouva enclavé par le serviteur et son maître. L'embonpoint du mari trompé dégageait une apparence de puissance dignitaire. Le chiton de soie brodé d'or opposait son faste à la simplicité de la tunique du jeune homme. Le maître et le laquais portaient des chaussures à talons hauts, afin de souligner leur différence sociale avec le libertin. D'ailleurs, celui-ci était nu-pieds : sûrement pour illustrer ce délicieux papillonnage.

– Allez me chercher dame Héllè, nous allons rejoindre sur-le-champ le magistrat et poursuivre ces deux tourtereaux en justice pour "adulterium".

Le mari et l'amant se retrouvèrent face à face, lâchés par le domestique, trop heureux de cette occasion pour faire valoir sa fidélité au maître des lieux. Situés en fond de scène, des cors et des tambours émanaient de l'ensemble choriste. Les accords graves et pesants des cuivres et des percussions renforçaient le côté dramatique de l'affaire qui se jouait là.

– Quelle outrecuidance ! Vous vous permettez de pénétrer dans le domaine familial, et cela sans mon consentement ?

– Seigneur ! Si cela ne tient qu'à vous, la prochaine fois je vous demanderai votre approbation afin de folâtrer avec votre dame.

Le public s'esclaffa de la répartie du damoiseau. La maîtresse de maison réapparut accompagnée de son serviteur :

– Pitié mon mari… Pitié. Ceci n'est qu'un caprice, croyez-le bien !

– Taisez-vous, madame ! Vous avez trahi ma confiance, vos appartements sont salis par des frivolités qui n'appartiennent qu'à vous, et… à cette créature placée en face de moi !

La dame tomba en larme. Assise sur ses talons, elle resta prostrée contre les jambes de son époux, et s'y accrocha éperdument en espérant un pardon.

– Puisque vous reconnaissez les faits je serai indulgent...

Ixion n'était pas un amateur de ce genre de spectacle, mais ici, il se délectait de cette fiction, car elle reflétait des situations cocasses de la vie quotidienne. Nombre de relations avec des dames de la haute société se terminaient au plus près de ce conte. Combien de fois le marin dû prendre ses jambes à son cou, à cause d'une dame trop empressée à le cloisonner ou d'un mari espérant corriger énergiquement l'amant en fuite. Il se tourna légèrement, et observa dans la pénombre les personnes sises à côté de lui : son père regardait attentivement la scène, entièrement concentré sur la pièce qui se jouait quelques pieds plus bas ; un peu plus loin, le seigneur Talos observait le spectacle avec une lunette de poche, pendant que dame Héra secouait frénétiquement son éventail au plus près de son joli minois. Sa sublime silhouette se détachait sur le halo des spots basse-tension. Elle tourna imperceptiblement la tête, tout en gardant le somptueux accessoire ouvert : deux perles de lumière aussi puissantes qu'incommodantes traversèrent la dentelle de l'éventail. N'avait-il pas rompu avec ce genre d'aventure ? Ixion, qui n'était pas homme à se laisser intimider, lâcha prise. Cependant, il avait perdu le fil de ses pensées et reprit tant bien que mal le cours du spectacle.

Sur les tréteaux, l'épouse repartait, accrochée au bras de son mari. Il acceptait de faire un trait sur ce qui n'était en fait… Qu'un faux pas !

D'autres représentations se succédèrent : une polyphonie, d'où le chœur de quatre-vingt chanteurs élevait la salle jusqu'au sommet du mont Hélicon ; un duel lyrique entre un joueur de double-flûte et une harpiste de renom : une citharède, dont les mélopées, accompagnées des pincements de cordes vous transperçaient le cœur ; et enfin un trio de musiciens d'où cymbales, thyrses[30] et tambours vous renvoyaient dans l'antre de l'âge d'or hellénique. Mais le cœur du marin battait la chamade et ses pensées étaient si proche d'une vision idyllique, qui lui désorganisait les sens et ravivait les passions.

La première partie du spectacle s'achevait, lorsque les différents juges, placés au premier rang, terminaient de noter les artistes sur leur tablette électronique.

La lumière renaissait, ravivant les couleurs et l'éclat du dôme de vitraux. Durant cet intermède, une piètre musique d'ambiance comblait le brouhaha des spectateurs livrés à eux-mêmes. Lysandre s'éclipsa et Ixion décida de se dégourdir les jambes, faisant les cent pas dans les galeries de l'Odéon. Il croisa du beau monde : dames en fourrure et coiffures en résille ; seigneurs en tuniques de brocart de soie d'ocre jaune sous des manteaux de velours aux liserés d'or. Il se sentait tellement étranger à ce monde de l'apparence. Il savait combien le rôle de ces nobles écrasait l'appareil "demokratia". Le système oligarchique pressurisait la masse sociale par un semblant de pouvoir démocratique, dont la mainmise des Grandes Maisons sur le conseil des cinq cents membres du Sénat s'obtenait par le chantage et la corruption. Le peuple avait du souci à se faire, tant pour son avenir social que pour son pouvoir d'achat : insidieusement, l'écart se creusait entre les différentes classes sociales de la société athénienne. L'hégémonie ne saurait tarder ! Le conflit avec le peuple perse ne faisait que masquer – un temps ! – la crise que vivait le peuple de Déméter, et qui éclaterait sous peu comme une bulle de savon.

    Des cris se répercutèrent tout au long de la fastueuse galerie : une altercation opposait un couple âgé avec un homme de grande stature, si grand qu'il semblait frôler la voûte du corridor. L'homme arracha le sac de la vieille et s'enfuit à grandes enjambées en direction d'Ixion. Arrivé à son niveau, le marin lui fit un croc-en-jambe. Le voleur s'étala de tout son long sur le sol marbré, suivi d'un bruit sec. Ixion posa un pied au niveau des omoplates et porta tout son poids sur le corps du fuyard. Deux agents de la sécurité déboulèrent dans la galerie et relevèrent le larron du sol. Un des gendarmes dégagea son arme du fourreau, et s'empressa de le plaquer sur la nuque du voleur. Pendant ce temps-là, l'autre militaire lui fixa des menottes auto ajustables autour des poignets. Le vieux couple arriva enfin à la hauteur des militaires et de l'instigateur de cette tentative de larcin. Ils remercièrent chaleureusement Ixion. Il se sentit embarrassé par cette soudaine notoriété : une petite foule s'était attroupée autour d'eux, et se mit à le féliciter et à l'applaudir chaudement.

    Il s'éclipsa aux toilettes et se dévisagea devant le miroir, puis il se lança une bonne giclée d'eau fraîche sur le visage. Ixion se sentait amaigri et usé par toutes ces mésaventures sortant de son cadre nautique. Il avait hâte de retrouver son élément. Dans sa nostalgie, il se souvint de quelques vers d'un célèbre aventurier :

"Thalassa, tu me manques !
Ton écume, ourlant les vagues qui jaillirent des cavales de Poséidon ;
Tes flots, grondant de colère sous les coups de boutoir des nefs helléniques,
Y demeurent à jamais immergés..."

Ses cheveux, noirs de jais, n'accrochaient plus les embruns salés soufflés par les génies des alizés. Des abysses, d'où émergeaient des mythes de monstres hideux, ne peuplaient plus ses divagations oniriques. Et les femmes à la peau cuivrée ou d'ébène qui l'attendaient en des contrées brûlées, qu'elles en avaient la peau fripée, subie par un Chronos inflexible et acariâtre.

"... Thalassa, tu me manques !"

Ixion ressortit de la pièce d'eau et tomba sur dame Héra :

– Décidément ! Vous faites toujours parler de vous ! s'exclama-t-elle.

La sulfureuse aristocrate secouait énergiquement son éventail. Elle s'approcha aussi près d'Ixion que l'usage et les bonnes manières athéniennes le permettaient. Les turbulences aériennes du luxueux accessoire agitaient les cheveux du marin. Son audace n'avait d'égal que sa beauté, sublimée par sa coiffure ornée de la cigale dorée, accrochée à ses boucles de cheveux ruisselants le long de ses tempes. Elle dressait fièrement la tête ; amazone, guindée jusqu'au bout des ongles. Le son des fines tubulures placées sur sa chevelure enivrait les sens d'Ixion. Les parures argentées s'entrechoquaient et apportaient des notes magiques dans la sphère du couple en pleine connivence. Ixion se retrouva plaqué entre le mur de la galerie et la somptueuse Héra.

– Je vous ai aperçu à l'autre bout du péristyle, lorsque vous avez neutralisé le détrousseur de la vieille dame. Vous êtes le reflet vivant d'un Héraclès en pleine action.

Elle continuait de secouer frénétiquement son éventail d'ivoire en dentelle délicate. Serpent d'argent, le bracelet qui enserrait son avant-bras semblait mû par une vie propre. Les senteurs du parfum enveloppaient le couple : cocon de fragrances, digne du monde d'Éros. La dame était vêtue d'une tunique de lin pourpre dont la finesse de l'étoffe permettait d'apprécier

ses courbes harmonieuses. Elle laissa choir le fragile objet. Ixion ramassa l'éventail, dont une des branches avait cassé :

– Votre éventail, madame ! … Hélas en piteux état.

Elle reprit machinalement l'accessoire, sans s'attarder sur l'incident :

– Qu'importe ! Dès demain un autre prendra sa place !

La musique d'ambiance cessa soudain ; un désagréable carillon signala la fin de l'intermède. Dame Héra présenta son bras au marin :

– Puisque vous êtes assidu à secourir tout quidam passant à votre portée, veuillez donc soutenir mon bras et me raccompagner auprès de mon époux.

Le couple progressa le long du corridor. La dame avait une noble prestance ; d'un calme olympien, elle avançait sans faillir à la tentation de tourner la tête vers l'homme qui l'accompagnait. En passant devant une corbeille, elle y jeta spontanément l'éventail, n'accordant aucun attachement au luxueux accessoire, destiné à n'être qu'un objet éphémère dans le parcours de son existence aisée.

Déjà la plupart des spectateurs avait rejoint leur place.

Le chœur de la polyphonie hissait les âmes jusqu'au dôme : envolées de chants emphatiques à la gloire d'un Poséidon Héliconios, dont ses accompagnements citharistes vous élèvent jusqu'aux monts olympiens. Le coryphée battait la mesure : l'implacable chef d'orchestre de cette phalange rythmique, dont strophes et antistrophes appliquaient les morceaux lyriques.

De savoureuses litanies satiriques s'élançaient vers Zeus Polymorphe : le satyre divin à la face changeante. Enfin vint la belle et farouche Sappho, toute de noir vêtu. Poèmes et chants cadençaient sur l'estrade de l'Odéon. Le côté dramatique prenait ici toute son emphase. Hibou ou corbeau dévolu à la face sombre de la mère Destinée, elle vous emmenait – larme à l'œil – de l'autre côté du miroir, au rappel de la mort : fatal destin, dont les Moires, accompagnées du nocher Charon et de Cerbère, gardaient précieusement le seuil des enfers. Elle fut acclamée par toute la communauté. Les auditeurs se levèrent, afin d'ovationner la grande dramaturge. Son aura – insondable gouffre lyrique – révélait sa puissance. De mémoire d'athénien, le peuple n'avait jamais été en présence d'une aussi grande incarnation tragédienne. Le seigneur Coros le savait bien : en ouvrant les Dionysies automnales, accompagné de la poétesse, son ascension politique ne pouvait qu'être excellente. Dame Sappho était annoncée "hors concours", tel un diamant, dont le magistrat avait souhaité l'exceptionnelle présence.

Déjà, les juges placés au premier rang rendaient leur scrutin à l'archonte. Les prix furent remis par Dame Sappho. La robe de la dramaturge, dont la traîne frottait les lames du parquet, la faisait paraître encore plus maigre qu'elle ne l'était déjà. En fin de remise des prix, le seigneur Coros lui offrit le trépied d'airain, décerné par la cité, en hommage aux interprétations magistrales de sa carrière exemplaire. Le public acclama le discours élogieux du sénateur.

Quelques pieds plus hauts, le regard du seigneur Talos scrutait le profil d'Ixion. Un éclat lumineux pénétra les pupilles du magistrat, puis sillonna les nerfs optiques et alla jusqu'aux recoins sombres de son cerveau. À ce stade, les neurones du seigneur Talos cloisonnèrent l'image de celui qui – suite à ses inclinaisons galantes – récolterait des lendemains forts déplaisants...

Chroniques de Déméter :
"Dans la Théogonie orphique, l'enfant cornu, Zagreus, révèle à Héra sa nature olympienne. Souvenons-nous que, devenu grand, Zeus enchaîna son père Cronos, le castra puis réabsorba tous les éléments, toutes les idées et les pensées qui créaient son Monde... Tout cela se passa en Phanès afin qu'advienne une nouvelle ère. Je vous le dis : la semence des dieux est en vous, un Zagreus se révèle en chaque être humain... Éveillez-vous à la Conscience !" (Études sur Nyx et la Semence).

Conférence de Cléobule, maître d'éloquence à l'Université de la Nouvelle-Athènes, le neuvième jour de la seconde décade du mois de thargélion, durant la 1724e olympiade.

8

UN SINGULIER CONTRAT

Les éclats des braseros dansaient sur le visage austère de la magicienne. Elle était postée à côté de la stèle de la reine des carrefours : Hécate la Triformis ! La lugubre image tricéphale ne valait pas mieux que celle de son honorable prêtresse. Le bélier noir blatérait à se rompre le gosier ; les deux serviteurs l'agrippaient par les cornes et le poussaient vers l'autel des sacrifices. Les hommes progressaient avec l'offrande vivante, que proposait le client, posté proche du seuil de la salle sacrée : *"La cella"*. En cet endroit où les libations de sang en l'honneur de la déesse des carrefours allaient avoir lieu. Le seigneur Talos s'était levé tôt afin de solliciter une conjuration à la pythie du temple. Le sanctuaire se situait au fin fond d'Athènes, dans un quartier réputé pour sa corruption et sa misère. Le sénateur avait déboursé une coquette somme afin de séduire les augures. De plus, nous changions de mois : c'était une nouvelle lune ! Talos semblait satisfait de toutes ces concordances, lui qui pourtant n'était pas un homme crédule y voyait déjà d'augustes présages.

Les serviteurs attachèrent l'animal à un anneau soudé au socle de l'idole. Le bélier se rebella un moment puis reprit son calme. La prêtresse commença son apologie sur les bienfaits que lui prodiguait sa maîtresse. Ses chants lugubres partaient en un florilège de toutes les qualités divines que la déesse Hécate affectionnait. Ses oraisons lui demandaient protection, et ses lamentations lui quémandaient d'être toujours l'esclave vénérant ses pieds sacrés. Malgré les feux des brûlots, l'espace ambiant restait froid et austère. Des nuances de rouge et de vert drapaient le naos[31].

Le ciel n'était même pas illuminé par les étoiles : elles se cachaient derrière les nuages, de peur d'être prises en otage et de servir de comburant aux rugissants braseros.

Après toute cette fervente apologie, la pythie se rapprocha de l'ovin ; les hommes bloquèrent l'animal et lui levèrent la gorge offerte à Hellên la nouvelle lune. La magicienne appela Hécate, "Portière de l'Hadès", divinité des enfers et reine des mystères par sept fois. Elle supplia la déesse d'accepter l'offrande qu'elle lui présentait. La prêtresse dégagea la lame de son fourreau, accroché en travers de sa poitrine. Le métal glacé réfléchissait les flammes des brûleurs, tel un pâle reflet des feux de l'enfer. Elle frappa l'ovidé qui hurlait à l'agonie pressentie. La lame tailla le cuir de la bête, d'où s'extirpa le liquide pourpre. Des vapeurs s'échappaient de l'animal égorgé, comme l'exhalaison d'une âme empressée de rejoindre les Champs-Élysées[32]. L'un des deux serviteurs récupéra le filet de sang dans une cruche. Le bélier se débattit et finit par tressaillir, avant d'expirer contre l'assise de l'idole. La vierge essuya la lame sur le pelage de l'animal et remit la dague dans son fourreau, plaqué entre ses deux seins. Le serviteur remis le récipient à sa maîtresse. Elle leva ses mains, et dirigea l'urne vers la représentation de la déesse des carrefours ; puis elle but une gorgée du contenu carmin. Une goutte carmin longea son cou dressé vers le claveau céleste, et alla se dérober sous le col de sa toge. Elle s'essuya d'un revers de main et renversa le restant du contenu sur le cadavre de l'infortuné bélier.

La prêtresse se rapprocha de son client et pendant un laps de temps elle le regarda sans broncher : le visage de la sibylle se transforma progressivement. Ses traits changeaient et son relief se modifia… lentement. Peu à peu, son visage prit les attributs d'une nouvelle apparence. À ce moment-là, le client confirma l'enjeu de cette cérémonie macabre : faire chuter son rival ! Celui qui avait jeté un regard de trop sur le corps somptueux de son épouse. Sous les lueurs des braseros un nouveau visage s'illumina : celui de dame Héra !

***

L'Atalante venait tout juste d'accoster sur l'embarcadère du Pirée, que déjà le fonctionnaire des douanes consultait les papiers administratifs et l'inventaire des marchandises qui transitaient sur le porte-conteneurs. Les mouettes sillonnaient le navire en un va-et-vient incessant, pendant que les immenses roues des grues progressaient sur le sol bétonné du port maritime. Les crochets récoltaient le fret s'entassant dans l'immense soute du navire. Les voiles photoniques finissaient de se replier dans leur logement commun, cela permettait d'œuvrer au plus vite au transbordement de la cargaison.

Quelques stades plus loin, dans le quartier bourgeois de la Nouvelle Athènes, Ixion se
préparait à rejoindre son vaisseau. Le marin aimait relater ses péripéties maritimes à tous ceux qui n'ont pas le pied marin. Il parlait du navire comme d'un amant, dont sa dame située à l'autre bout de l'horizon attendait son retour avec impatience. Il la décrivait avec des vocables dévolus au sexe féminin : "rondeur, toucher, volupté..." et tant d'autres superlatifs, une litanie en l'honneur de "sa dame de fer". Le ventre du cargo récoltait les fruits de ses voyages au long cours, sa proue fendait les eaux, puis les rendait, turbulentes, au lit du dieu Océan.

La clochette de l'entrée retentit, rompant de quelques gouttes de clepsydre son minutieux travail de préparation, d'où tuniques, ceintures en large cuir et cirés aux couleurs fluo se retrouvaient enfermés dans des coffres, protégés du drapé houleux de la grande Thalassa. Cléon lui remit un pli. L'enveloppe sentait la rose et le lilas. Fragrances qu'il connaissait depuis peu. L'image rémanente de Dame Héra naquit dans son mental, comme un éclair venant perturber son champ de vision.

Il s'installa sur le lit et décacheta précautionneusement l'enveloppe, puis sortit la correspondance d'où émergea en son pli une fibule d'argent. Ixion prit l'épingle et l'accrocha sous sa chemise. Le manuscrit contenait une calligraphie soignée, aux caractères en lettres d'or[33]. La dame exposait son feu pour l'homme qui l'avait tant émue. Elle exprimait sa soif dévorante de retrouver la présence du marin, et sa rébellion contre cette séparation qui l'habitait depuis qu'ils avaient fait connaissance. Un tourbillon d'amour qui l'avait écartée de toute lucidité. Dame Héra attendait une réponse de son soupirant et l'attendrait en début d'après-midi aux thermes d'Apollon. Ixion fut troublé, ses mains en tremblaient. Lui, conquérant d'Océan et des belles Océanides, chavirait pour une aristocrate, une Eupatride. Il resta abasourdi, la lettre entre ses doigts, luttant entre la passion et la raison.

Ixion entreprit de faire quelques longueurs d'un bout à l'autre du bassin, malgré les mouvements de nage. Certes ! Le secteur des hommes était plus vaste que celui des dames, mais une partie de la piscine était consacrée aux doyens de la cité, et le moniteur avait bien du mal à motiver sa troupe de vétérans afin d'exécuter les exercices d'assouplissement qu'il exigeait, car ils pouvaient se montrer obstinés comme des enfants.

Les thermes n'avaient pas la classe de ceux de Xartès ; à part quelques décors en trompe-l'œil et de faux vitraux – dont les images contemporaines de quelques éphèbes aux sourires ravageurs venaient les égayer –, il n'en restait qu'un simple plan d'eau, ceinturé par un parterre aux dalles craquelées. C'est dans les propriétés communales que l'on discerne – au mieux – l'état financier d'une municipalité, et la Nouvelle Athènes n'échappait pas à une gestion de crise, que toute commune se doit d'assumer. Le conflit avec le peuple perse ne faisait que creuser insidieusement le déficit budgétaire de la cité. L'armée pompait la majeure partie des impôts qu'elle percevait de l'État, et les Hellènes devaient montrer leur puissance militaire sur la nation perse. Le déficit était bien là, et attendait la fin de ce conflit, afin qu'une hégémonie vienne soutirer la Grèce des affres de la crise économique ; l'oligarchie ne ferait qu'alourdir les taxes des commerçants et assujettir d'une forte imposition les gens les plus démunis.

***

Une fois de plus, Ixion contempla le chronographe accroché sur un des murs du bain public. Cela faisait une bonne heure qu'il nageait dans le bassin, attendant dans un état fébrile une rencontre, dont Éros restait l'instigateur. Soudain un nain déboula dans l'enceinte de la piscine, lui remit un pli et repartit aussi vite qu'il était arrivé.

Le marin ouvrit le billet : l'écriture cursive laissait à désirer et la correspondance semblait avoir été rédigée à la hâte : *"Je vous attends dans la pièce des onguents... Avec impatience ! Héra."*

Ixion resta fermé. La situation n'était pas confortable. La dame s'imposait la discrétion, si elle ne voulait pas se retrouver face à un divorce, compromettant son avenir au sein de la haute société athénienne. Sa fratrie pourrait même se retourner contre elle, et la classe des Eupatrides l'acculerait à retourner auprès de son père, laissant son enfant au mari, apte financièrement à le garder jusqu'à la majorité. Dans ce cas, la dot fournie par le père d'Héra demeurerait au seigneur Talos : compensation financière faisant suite au rapport d'infidélité de son épouse.

De sitôt, le marin se rendit à la salle de massage, avec son pagne, un strigile[34] et son pot à huile. Il pénétra dans une pièce obscure. Baignés par les halos des spots basse-tension, les occupants des trois bancs de massage se prélassaient. Les curistes étaient livrés aux bons soins des fonctionnaires-masseurs. Un homme au crâne rasé l'invita à s'allonger sur la banquette, juste à côté d'un corps féminin aux formes galbées. Ixion se retrouva nu et patienta pendant que le masseur finissait de se laver les mains à l'autre bout de la salle.

Le marin observait les courbes somptueuses de dame Héra, étendue près de lui, et se sentit incommodé par tant de beauté. La nymphe restait sous les offices du soigneur, tout occupé à son devoir de palpations et de frictions sur sa peau veloutée. La lumière laiteuse produisait un faisceau de caresses d'une nuance pastel, allant chatoyer les courbes de la jeune femme lascive. Elle pivota la tête : ses yeux de braise s'ouvrirent sur l'image d'un homme troublé par ce tableau sensuel. Il se sentit soudain écrasé : le masseur venait d'entamer ses manœuvres de palpé roulé, laminant son dos comme un char d'assaut progressant sur les flancs d'une éminence rocheuse. Il émit un râle d'agonie et la dame en sourit :

"Avec un tel corps d'athlète, vous devriez endurer les frictions avec plus de décence !" émit-elle.

Ixion ne reconnaissait plus cette voix si sensuelle qui accompagnait la belle aristocrate. Son visage – immergé dans la pâle clarté du lieu – diffusait un bleu d'aspect inquiétant. Elle dégagea son bras de la couverture qui lui cachait ses reins et entreprit de caresser son propre corps à la vue de l'homme allongé près d'elle. Il contempla la chorégraphie de son bras, dont les doigts terminés par des griffes aussi féminines qu'animales incitaient à des rapports charnels brûlants. Les deux masseurs exécutaient leurs fonctions avec sang-froid et n'entraient pas dans l'intimité de leurs clients, même si cette complicité s'effectuait devant leurs yeux. Elle fit un signe au masseur afin de clôturer les soins, puis se leva, et laissa hardiment tomber le pagne qui la recouvrait. D'un style olympien, la nymphe se dirigea vers l'extrémité de la pièce. Son déhanchement provocant effleurait les minces faisceaux lumineux filtrant au travers des lucarnes, tels des projecteurs d'ambiance disposés au sein d'un cabaret malfamé. Les deux autres curistes – soumis aux doigtés huilés des masseurs – restaient plongés dans leur rêverie, d'où béatitude, délassement et fantasmes se mêlaient étroitement.

    Sortie des draps ourlés de l'écume du dieu Océan, la vénus dévoilait ses reins au regard de l'Argonaute. La belle aristocrate utilisait son racloir à des fins sensuelles pour ôter l'excès d'huile de ses formes de déesse ; de quoi embarrasser n'importe quel athlète concourant pour les Panathénées, elle offrait la moindre partie de sa personne aux yeux chatoyants du marin, tout en extase devant celle qu'il croyait prendre pour la troublante aristocrate. Ixion ordonna au soigneur l'arrêt des massages, puis rejoignit la belle. Patiemment, la sibylle continuait de retirer l'huile de son corps. Telle Échidna, rusant de ses atours afin d'emprisonner ses proies au cœur de sa toile, elle s'enfonça un peu plus dans un clair-obscur, ne révélant que partiellement ses contours de femme fatale. Ixion se plaqua contre le dos d'Héra et lui ôta son racloir. Accompagné d'une flamme difficile à maîtriser, il entreprit de lui retirer l'onguent de ses courbes d'Aphrodite. Il jeta l'ustensile et tourna le corps de la dame. Son visage à l'esthétique parfaite luisait dans la pénombre, et son sourire narquois masquait un "futur triomphant" qu'il ignorait sur l'instant... Ixion l'enlaça, caressa ses formes de naïade et la pénétra.

Sous le regard du conquérant saisi d'effroi, le visage de l'amante se modifia peu à peu. Il comprit trop tard que sa dame n'était pas celle qu'il croyait : au bord de l'extase, il sentit une décharge. Derrière lui, le faux masseur venait de lui expédier une salve de bâton-foudre !

Chroniques de Déméter :
"Couronne de lierre et peau de panthère ; grappes de raisins et pommes de pin ; le Sssshhh du serpent qui siffle jusqu'à moi ; Éko ! Seigneur de l'orgie, je rampe sur notre mère Gaïa, frottant mes seins gonflés de désirs sur une terre parée pour souffrir ; je chevaucherai le Thyrse, j'avalerai Ta semence ; cette nuit je vais arracher les yeux de Penthée, et qu'importe si la lune montre son sourire narquois, car je suis venue pour Toi !"

Oraison au Grand Chasseur (rituel d'invocation à Dionysos).

9

DANS LES ENTRAILLES DU TARTARE

Ixion restait voûté dans un angle de la cellule, le regard figé sur le sol froid et métallique du ravitailleur. Un acouphène lui lançait son bourdonnement sournois. Et comme un flot de lave incandescente, une douleur embrasa son visage.

Un homme le rassura :

– Bois, mon ami ! Le stratège Trygée sélectionne les hommes d'action. La force motrice humaine est un élément essentiel aux sites d'extractions, d'où tu auras le privilège d'y étaler tes spartiates.

Le marin discernait faiblement son interlocuteur, et saisissait partiellement le flot de ses paroles. L'inconnu étala un baume apaisant sur le visage de son jeune compagnon. Peu après, Ixion retomba dans une somnolence bienfaitrice.

Suite à l'appontage du vaisseau, la carcasse du transporteur trembla ; Ixion se réveilla en sursaut et aperçut l'autre détenu, affalé contre la cloison opposée. L'homme devait avoir la cinquantaine et arborait une surcharge pondérale.

– Tu sors enfin de ton délire ! constata le codétenu.

– Où sommes-nous ?

– Sur une navette de la compagnie métallurgique Galatée. Le vaisseau Tymécraté vient de s'arrimer au tarmac du site d'extraction minier du bagne-astéroïde Zeus Casius.

Ixion redressa lentement la tête, le bourdonnement l'accompagnait toujours, cette fois-ci plus ténu, presque inaudible. Le feu qui consumait son visage s'était affaibli, ses traits apparaissaient moins tendus.

– Bagne-astéroïde ?

– Oui ! À plusieurs milliards de stades de ta chère patrie Déméter ! On surnomme cet endroit : le cachot des Hadès, l'enfer des Enfers.

Ixion examina la pièce où il se découvrait reclus : elle devait mesurer environ six coudées au carré, juste de quoi servir de remise. Nu, le métal des murs présentait des entailles provoquées sûrement par la pointe d'un stylet. La porte était pourvue d'un sas, permettant le passage des plateaux repas. L'homme se présenta :

– Cléarque ! Pour te servir. C'est grâce au gardien que j'ai pu t'offrir quelques soins de première heure.

Cléarque observa le visage du marin.

– Celui qui t'a balancé une décharge de bâton-foudre ne t'a pas épargné.

– Je ne vois plus grand-chose de mon œil gauche et des acouphènes n'ont de cesse de me persécuter.

– Cela va s'atténuer avec le temps. Si ce n'est pas trop

indiscret, quelle est la raison de ce bannissement loin de notre Mère Patrie ?

– J'ai été séduit par le charme d'une belle aristocrate, et je crois que je suis tombé dans un traquenard... où m'attendait une séductrice qui ressemblait étrangement à ...

Ixion ne parvint pas à terminer sa phrase, il semblait affligé par ce qu'il venait d'endurer en si peu de temps.

L'image de Cléarque, surmontée d'une chevelure achromique, subissait la disgrâce d'un réseau veineux. Des pattes d'oie commençaient timidement à sculpter ses traits, cet homme semblait trop débonnaire pour être intègre.

Le codétenu raconta la cause de son bannissement :

– Alors que j'étais assujetti à l'ostracisme, j'avais repris mes affaires d'import-export avec les Perses. Suite à cette entorse commerciale, une procédure judiciaire fut lancée à mon encontre, et mes affaires marchandes avec l'ennemi furent réduites à néant. C'est sûrement un informateur à la solde de l'État qui a causé ma perte...

– Et vous vous en sortez uniquement avec une réclusion ! coupa Ixion.

– De riches négociants œuvrent au Sénat. Ces magistrats ont les bras longs !

– Légalement, vous auriez dû passer sous la lame scythe ; vos amis vous ont laissé une chance, parce que leurs intérêts sont purement politiques et qu'ils risquent gros à être dénoncés. Mais, méfiez-vous, il n'en sera pas toujours ainsi !

Un bruit de tonnerre se répercuta au sein de la navette Timécraté.

– Ne vous inquiétez pas ! Ce n'est que le sas du boyau... Nous nous enfonçons... Il vient de se refermer derrière nous. La nef est arrimée à un appontement hydropneumatique, et celui-ci nous mène droit au cœur de l'astéroïde. C'est la compagnie Galatée qui donne le "La". Nous allons danser ! Le consortium est assisté par cet ignoble stratège Timoclès, afin de soutenir cette intensité rythmique. L'État ne joue qu'un rôle mineur, car c'est la compagnie Galatée qui a la majorité des parts actionnariales. Ici tu peux gémir à loisir, parce que même Zeus Pater n'entendra pas tes supplications !

Des vibrations secouèrent la cellule durant la descente. Un garde fit coulisser la grille :

– Préparez-vous ! hurla-t-il, nous allons bientôt sortir du cargo.

Ils furent placés en file indienne, et longèrent avec d'autres prisonniers les interminables corridors du vaisseau. Devant le sas de la nef, deux militaires ceinturaient le seuil, tenant chaque déporté par les épaules. Un soldat planta une seringue dans le cou d'un prisonnier avant qu'il n'accède à la rampe d'accès.

– Que fait-il ? demanda Ixion.

– Il t'introduit une puce d'identification, au cas où tu serais tenté de t'éclipser en douce. Ce n'est qu'une simple formalité, car personne ne peut s'évader de Zeus Casius !

Lorsque Ixion descendit de la navette spatiale, il fut accueilli par une cohorte de militaires scythes, placés de chaque côté de la rampe ; une sorte de "bienvenue aux enfers". Caparaçonnés d'une armure en cuir, ils exhibaient aux hanches le célèbre sabre akinakès et un bâton-foudre à l'effet destructeur. Leurs gueules n'avaient rien de rassurant : le but était de provoquer la crainte du châtiment. Les soldats portaient autour de leur poitrine l'arc à rayon, dont la portée foudroyante vous invitait à ne pas renouveler la moindre opposition.

Lorsque le dernier occupant se retrouva sur le tarmac, le capitaine brailla un ordre :

– Bougez-vous, et rangez-vous sur une colonne !

Après quelques secondes de désorganisation, la vingtaine de détenus s'aligna. Autour d'eux, la cavité était exiguë, éclairée par quelques projecteurs blafards. Un prisonnier excité manifesta son mécontentement. Il abandonna sa place et hurla aux oreilles du capitaine : "Dikè ! Dikè[35]!" Un garde scythe s'empara de son arc et décocha un faisceau en gage de sommation. Le petit homme s'effondra sur le sol bétonné, soumis à un état cataleptique.

Un véhicule sortit tout droit d'un boyau. Un stratège de forte corpulence et d'une taille impressionnante y émergea. Il portait une cuirasse, sûrement en matériaux de synthèse, et des spartiates impeccables. L'officier engagea la conversation avec le capitaine, puis se rapprocha des détenus, tandis que deux gardes s'activaient à retirer le corps inanimé du malheureux contestataire.

– La justice ?... C'était avant ! grogna-t-il. Ici, vous allez purger votre peine comme il se doit ! C'est-à-dire avec l'acharnement d'un travail irréprochable. Et alors… peut-être pourrons-nous revoir votre intégration au sein des communautés helléniques ! Sortez de votre crâne l'idée de toute escapade. D'ailleurs, les seuls internés qui ont osés cet état de fait sont passés de vie à trépas.

Le stratège Timoclès sourit de son allocution, face aux rangées de prisonniers pétrifiés. Un fourgon de transport de troupe s'avança ; deux hommes ouvrirent l'arrière. Le capitaine dicta ses ordres :

— Grimpez, bande de fainéants !

Le véhicule à sustentation magnétique décolla et s'enfouit dans les entrailles de l'astéroïde. Les boyaux succédaient aux boyaux. Parfois le fourgon en croisait un autre, dont les occupants étaient harnachés d'une tenue de forage avec scaphandre et bouteilles de survie. Tout au long des galeries, des bouches d'aération se succédaient par intervalles réguliers. Accompagnées d'un vrombissement animal, les pales des souffleries pulsaient l'oxygène dans les entrailles de l'astéroïde. Les prisonniers passèrent par plusieurs sas de sécurité, et parvinrent au seuil du système carcéral. Des gardes scythes étaient postés devant l'entrée principale, caparaçonnés dans leur uniforme rouge et noir. Ixion fut surpris par l'état délabré du secteur minier ; des abris en tôle ondulée se succédaient, comme dans un site d'exploitation datant du dernier conflit perse. Les toitures cintrées ressemblaient à des champignons, dont les pieds avaient été supprimés. Le véhicule se reposa sur ses coussins d'air. Un garde dégagea le battant, ce qui permit l'évacuation des occupants. Les internés descendirent. Le capitaine ressurgit et leur ordonna de se ranger. Apparut le stratège Timoclès, accompagné du directeur d'exploitation du site minier : le seigneur Trygée.

— Pour les nouveaux résidents, et ils sont peu nombreux ! tonna Timoclès, je vous présente le seigneur Trygée : directeur du site d'exploitation. Sachez qu'il est le seul maître à bord, et lorsque vous vous adresserez à sa personne, n'oubliez pas les bonnes manières auxquelles vous êtes si peu coutumiers. Tout manquement de civilité envers le représentant des États helléniques sera jugé comme faute grave, et dans ce cas, j'impliquerai des peines proportionnelles à l'insolence du condamné.

Le directeur communiqua des ordres brefs à son officier, puis s'avança devant les détenus. Son visage, creusé et fatigué, semblait las de sa mission disciplinaire à mille stades des plaisirs de la capitale. Il était aussi renfermé que ses administrés. Fonctionnaire, sa vie routinière était rythmée par la paperasserie, le règlement des conflits et des rébellions des détenus, et le rendement du site d'extraction... Sans oublier les potentialités d'attaques de la force perse.

L'administrateur Timoclès prit la parole :

– C'était le huitième jour de la première décade du mois d'anthestérion[36], il y a de cela deux ans maintenant. Ce matin-là, un détenu vint me voir pour me demander de récupérer son activité au sein du site d'extraction. Il avait subi quelques ennuis de santé, et le médecin estimait qu'il n'était pas en situation d'exercer ses fonctions. Le prisonnier fit des pieds et des mains afin de retrouver son poste. Il est vrai qu'à sa place, j'aurais peut-être agit de même, afin d'écourter au plus vite ma détention sur ce site. Je lui fis comprendre que sa santé était bien plus importante que la réduction de quelques mois d'incarcération par la grâce du travail, et que le praticien avait suffisamment d'expérience en la matière pour orienter sa décision. Ce détenu réussi à m'amadouer et je conclus avec lui – malgré l'avis défavorable de l'infirmerie – un contrat écrit, basé sur l'obtention du retour au service contre un pourcentage de rendement à honorer, et que s'il échouait sur ce dit contrat il serait soumis, d'une part à une retraite pour raison de santé au sein de l'infirmerie, et d'autre part à l'étirement de sa durée d'emprisonnement sur un an, pour ne pas avoir accepté les recommandations de l'autorité médicale. Il accepta donc mon offre, les jours passèrent sans que je n'entendre plus parler de lui. Un jour, je fus informé par le médecin en chef d'un grave accident sur un des sites d'extractions. L'homme avec lequel j'avais conclu l'accord avait été transpercé par le bras-trépan d'un robot d'intervention. Sur le coup, je m'en voulus d'avoir ainsi outrepassé les recommandations du médecin en chef. Mais après tout, ce détenu était en droit de solliciter sa réintroduction au sein de son équipe, car dans la constitution athénienne un prisonnier peut, s'il le souhaite, abréger son incarcération par un supplément de corvées d'intérêt général…

Tout en parlant, le directeur fixait les prisonniers ; il les regardait avec toute l'arrogance d'un homme qui sait qu'il a tous les pouvoirs en mains. Il finit son oraison en ces termes :

– Cet homme, non seulement perdit son contrat, mais le plus grave c'est qu'il perdit la vie. Croyez-moi ! Rien ne sert de vouloir réduire votre durée d'incarcération, pour en contrepartie y perdre la santé !

Le Sparte Trygée se replaça face aux prisonniers, jambes bien écartées, afin d'affirmer sa supériorité. Il présenta un registre aux nouveaux pensionnaires :

– Chacun va recevoir un formulaire. Veuillez répondre à toutes les demandes sises à chaque page, même les plus intimes ! Les anciens doivent se conformer au rituel, même s'ils ont déjà fait une "visite" au sein de notre établissement. L'officier sourit de l'ironie de sa phrase.

Un garde s'approcha et donna à chacun le formulaire en question.

– Maintenant, vous allez vous diriger vers l'intendance, afin de récupérer vos affaires, pour vos futurs ouvrages et vos instants récréatifs, s'il vous reste encore assez d'énergie après avoir accompli vos douze heures de corvées quotidiennes !

Ixion déposa son paquetage au pied d'un lit. Le cantonnement était divisé en plusieurs sections. Chaque cellule permettait d'accueillir une douzaine de détenus. Il fit un rapide tour visuel des lieux : les fenêtres étaient bannies ; sachant que de toute façon les rayons dardant de Phébus n'irradiaient jamais la cavité de l'astéroïde. Les repas s'accomplissaient dans le réfectoire, qui ressemblait plus à une cave qu'à une cantine pour prisonniers. Les douches trônaient au fond de la pièce. Et leur vétusté lui apprenait du peu d'intérêt que l'administration athénienne portait à la qualité de vie des détenus. Cléarque avait déjà préparé sa couche et commençait à caser ses affaires dans une armoire métallique, plaquée contre le mur en tête de lit. Le dortoir n'accueillait que des nouveaux ; l'homme qui se trouvait de l'autre côté de la couchette d'Ixion restait affalé, le mental accaparé vers un ailleurs incertain. Il dépassait la soixantaine, et sa chevelure grisonnante laissait percevoir le cuir lustré de son crâne.

"Le rire du singe parodie celui de l'homme. Ce lieu impitoyable n'est qu'une caricature outrancière de la vie communautaire athénienne", affirme-t-il avec amertume.

Le marin s'installa sur le rebord du lit et se présenta. L'ancien redressa la tête, et laissa apparaître un visage émacié par l'âge et la condition sociale.

– Je me nomme Eurystias. Je viens de la Nouvelle Antioche. Je suis un descendant de la fratrie des thiases[37].

"Un penseur orphique !" songea Ixion.

– Vous avez l'air d'un homme éclairé. Quel acte

répréhensible avez-vous donc commis pour tomber dans un monde si opposé au votre ?

Le visage d'Ixion se reflétait dans les yeux du vieil homme.

– Ma politique ne correspond point à celle des hommes d'État qui font et défont les lois humaines. La raison du politicien est fondée sur les tracas des placements boursiers, des rentabilités, des probabilités et des prospectives à plus ou moins long terme. La mienne est érigée sur l'éphémère des choses et des personnes. Pour mon malheur ou ma délivrance, il a fallu que mon destin croise un de ces individus, si influents sur l'intelligentsia du Parlement. Cette personne essayait d'échapper à sa liturgie par une antidosis[38], qui prévoyait de dénoncer un autre sénateur, soi-disant bien plus fortuné qu'elle. En fait, cet individu est un parent proche de ma pauvre carcasse, encore fumante des vapeurs de Dionysos. Comment ne pas fulminer contre cet aristocrate prétentieux, arrogant, lorsque vous savez que ses plaintes ne sont point fondées. Bien sûr ! Nous savons que la politique politicienne joue son rôle de dramaturge et que la liturgie est l'un de ces symboles pouvant faire et défaire des hommes de haut rang. Ce parent, que je n'avais pas rencontré depuis des lustres, me fit part de ce désir d'intenter une antidosis et me demanda mon avis. Je fus honoré d'avoir pu offrir mes lumières à cette personne, concernant ses doléances financières. Je lui fis part de mes craintes quant à cette action, sachant l'immense fortune qu'elle possédait, et que ses placements, tant mobiliers qu'immobiliers, seraient soumis à un minutieux examen de la part du percepteur. Il n'accorda que peu d'intérêt à mes recommandations, et me signala qu'il avait mis de l'ordre dans ses affaires. Il entama sa supplique et attaqua son adversaire, puis relata qu'elle avait un patrimoine financier bien supérieur à lui. Cela ne se fit attendre ! Le magistrat désigné par la chambre de la Boulé mit en route l'antidosis et lança la procédure d'enquête des acquis fonciers et boursiers des deux adversaires. Ce proche fut convoqué pour s'expliquer devant un agent du Trésor Public, sur ses démarches mobilières et immobilières, non soumises à l'impôt ; il avait caché ses mouvements bancaires aux vues de l'État ! Et fut donc soumis à une amende et dû offrir des dommages et intérêts à son rival. Ayant le bras long, il me mit aussitôt en accusation, et fit croire que j'étais dans ses dispositions lors de ses démarches mobilières. Ce qui est faux ! Peu avant l'accusation, il prit soin de transférer astucieusement une forte somme d'argent sur mon compte, et me rendit indirectement complice de ses méfaits. Malgré mes protestations, je fus condamné et transféré en prison...

Suite à ce récit dont il fut la principale victime, les pupilles d'Eurystias vibraient. Autour d'eux, les hommes se reposaient dans le noyau de la prison spatiale Zeus Casius.

Chroniques de Déméter :
"*... j'en souris encore...*", ironisa Antigone de Béotie. "*... Comment peut-on arriver à un état d'imbécillité aussi avancé ?*"

Après avoir contemplé le vaste éther flamboyant de la planète Tau-Téthis, le maître se retourna et montra un sourire pincé, puis le visage retrouva son antique austérité. Derrière le sage, la lucarne en saphir de Lesbos formait autour de sa tête un halo d'un bleu saphir ; des nuées, aussi légers qu'un tulle de gaze, flottaient lentement autour du belvédère orbital de la planète aux ludions.

"*Des agents de la sécurité ont découvert un engin explosif, caché sous le système auxiliaire de navigation... Nos adversaires ont essayé de couler notre entreprise... Par la grâce de Dionysos, à la place d'un formidable feu d'artifice, ils devront se satisfaire d'un pétard mouillé !*"

Derrière le grand homme, deux ludions perçaient le voile diaphane d'un nuage ; le plus gros frôla la vitre de la plateforme, et exposa son corps argentin à la confrérie orphique, venue célébrer l'inauguration du 'belvédère des étoiles'. Le derme nacré du ludion – l'ortie des étoiles – irisait le vitrage du sabord.

Antigone se dirigea de nouveau vers le sabord, et admira le magnifique panorama éthérique ; le nuage se désagrégea, offrant au maître du Thiase un spectacle exceptionnel : à quelques coudées de la station, un troupeau de ludions flottait sur le velours céruléen du ciel, un tableau dont peu d'humains pourraient s'enorgueillir d'admirer.

Paroles du seigneur Antigone de Béotie, naturaliste et géologue du Collège des Sciences, sur le planétoïde Tau-Thétis, le quatre de la deuxième décade du mois de Boédromion, durant la 1619ᵉ olympiade.

10

UN PÈRE EN COLÈRE

Lysandre saisit la lettre, posée sur le linge abandonné par le jeune navigateur. Son regard parcouru le pli intime, et le reposa sur le lit encore défait. Le vieux sénateur se dirigea vers la fenêtre. Un Martinet frôla l'embrasure et s'éloigna en poussant son cri perçant.

L'assise de l'amphithéâtre de la Stoa semblait trembler sous les talons des parlementaires. La voix du seigneur Lysandre se répercutait dans la chambre des anciens sénateurs, comme un fracas de tonnerre, déployé par le divin Zeus lors de ses accès de fureur. Le vieux négociant se tenait debout, le doigt pointé vers un ancien de la Boulé ; il ne cessait de ressasser la même phrase :

– Qu'avez-vous fait de mon fils ? Votre tribu protège le Seigneur Talos. J'ai demandé un rendez-vous avec le président de l'Assemblée et j'entends bien mettre en accusation le sénateur Talos et lui demander des éclaircissements sur la façon dont il a commandité cette opération délictueuse.

Les lèvres de Lycias dessinaient un sourire narquois, face aux menaces verbales de Lysandre. Le magistrat lui demanda de se calmer, sous peine d'être exclu de l'assemblée des anciens. Au centre de l'arène trônait l'imposante statue d'Athéna, dressée sur son support anti-gravité à une douzaine de coudées du sol. Son visage sévère se penchait sur une section d'anciens sénateurs, soumis à une séance animée.

L'homme de la communauté à l'Hydre sollicita son

temps de parole :

– Cher ami ! Votre fils est la cause de cet *"adulterium"* qui affligea un foyer respectable. Il en va pour la préservation du couple d'exclure du sein de la communauté votre fils adoptif. Remerciez le seigneur Talos de ne pas avoir usé de son droit d'immolation à l'encontre de votre descendant !

Le seigneur Lysandre sortit de ses gonds et coupa court aux paroles du sénateur :

– Je ne vous permets pas de m'appeler "mon ami" ! lança-t-il. Aucune sentence… Vous entendez bien ? Aucune sentence n'a été proclamée devant la chambre des héliastes. Aucun juge n'a été désigné par les magistrats pour ainsi porter Ixion en accusation. Ce n'est qu'une ébauche d'affaire judiciaire. Je porterai l'affaire devant la Chambre des représentants. Je demande que la vérité soit faite, et j'étayerai cette affaire grâce à l'appui de ma fratrie…

– Seigneur Lysandre. Votre temps de parole est échu, veuillez vous rasseoir et laissez le Seigneur Lycias terminer le sien !

–... Je demande une requête devant l'Écclésia ! coupa Lysandre. C'est à l'Agora que mes plaintes seront exposées… devant le peuple !

– Lysandre, pour la dernière fois asseyez-vous ou je fais appel aux gardes scythes !

Lysandre se rassit, tout en nage au côté du seigneur Hector. Son ami tripatouillait ses bagues, contrarié par un pugilat verbal entre les Grandes Maisons, dont la finalité de l'œuvre allait se résoudre devant l'Écclésia. Déjà les séances plénières à la chambre du Sénat commençaient à devenir houleuses, et les gardiens des lois suivis de près par la commission des législateurs prenaient des mesures à l'encontre du sénateur Talos.

Sous la coupole dorée de l'hémicycle de la chambre des Anciens, le visage d'Athéna restait figé et semblait inaccessible face aux rixes verbales de ses enfants. Athéna trônait, ses divins pieds lévitaient, posés à même un coussin de marbre blanc, supporté par le socle anti-gravité installé sous sa voûte plantaire.

Chroniques de Déméter :

"... Soudain le public se tut ; le silence domina le stade d'Olympie. L'athlète leva le javelot et dressa la pointe vers les cieux. Le seigneur des vents, Éole, apporta son soutien au champion, en calmant, durant un temps, son invincible ardeur. Le sportif Actéon – muscles saillants – inclina la lance et la projeta dans les airs. Le javelot siffla, traversa une bonne partie du stade et se ficha sur le terrain, à quelques pas de là. Le public acclama chaudement l'athlète. Puis le champion, poussé par l'euphorie de la victoire, parti arracher la lance de sa cible en terre battue, avant même que le juge en arpente la distance. Le sportif la brandit vers la voûte céleste en signe de victoire... Devant cet acte précipité le juge fit grise mine, mais rendit quand même son verdict : Actéon avait réussi à prendre la première place des jeux olympiques ! Le public explosa de joie.

Quelques gouttes de clepsydre plus tard, deux athlètes déposèrent une plainte devant la commission d'Olympie, et estimèrent que leur adversaire avait accompli un outrage en déterrant le javelot avant même que le juge en mesure la distance. Le prêtre d'Olympie décida de disqualifier Actéon, pour cet acte manquant de prestige."

Dans la résidence du seigneur de l'Olympe, le seigneur de la guerre, Arès, déboula aux pieds de son illustre père. Le regard brûlé par la colère, Arès s'en remit au seigneur de la justice divine.

"Père, hurla Arès, comment pouvez-vous être indifférent face à l'injustice ? Actéon mérite vaillamment la victoire !"

Zeus caressa sa flamboyante barbe, et répondit à Arès :

– Je comprends votre amertume, mon fils, mais je ne céderai pas à votre requête – bien que votre champion ait brillamment réalisé son exploit, il en est « un » qui surpasse le modèle sportif, c'est la maîtrise de soi !

LES CONSÉQUENCES D'UNE PANNE

Sous l'effet du trépan, l'habitacle de l'extracteur hécatonchire tremblait comme un char d'assaut hellénique franchissant les monts Zagros.

"Équipe Oméga, veuillez vous positionner conformément au logiciel du système télématique ! Ne vous éloignez surtout pas de votre champ opérationnel !"

La voix dans la sono restait fluette, et la fréquence sonore grésillait malgré la précision de la technique informatique. À quelques centaines de coudées de la base d'exploitation, l'équipe travaillait d'arrache-pied sur la veine de ferronickel. Un véhicule d'extraction, appelé hécatonchire, opérait dans le secteur. Trois opérateurs dirigeaient la machine. Les hommes supportaient le système autonome de combinaison spatiale, au cas où l'engin se trouverait piégé par une soudaine fuite d'oxygène. Assuré par la programmation informatique des ingénieurs en géologie et géodésie, le trépan opérait lentement : son bras flexible avançait progressivement et rongeait le minerai. Des strates de nickel dormaient à même le ventre de l'aérolithe : de riches gisements en latence d'exploitation.

En surface, l'astéroïde était pourvu d'une multitude de propulseurs. Les réacteurs permettaient de maintenir le gigantesque bloc minéral en pesanteur. Ainsi, ses occupants bénéficiaient d'une relative pression gravitationnelle. Sous l'astéroïde, se dissimulait une profusion de cavités et de boyaux, forée par les excavatrices. Le gisement restait la propriété de l'État, mais le consortium Galatée en était l'actionnaire majoritaire. La société restait aux mains de quelques nantis à l'abri de leurs corruptions, et protégés par une juridiction aussi puissante qu'indécente.

Placé à côté d'Ixion, un géant réglait les différents paramètres d'alignement du forage ; cela permettait au trépan d'œuvrer avec justesse et précision :

– Purée de caillou… Laisse-toi percer ! vociféra-t-il.

– Réduis la vitesse de la foreuse, Aristarque ! Laisse-la garder son rythme, lui conseilla Ixion, tout en dirigeant de main de maître la progression du véhicule au sein du boyau.

Une alarme propagea son "Bip ! Bip !" dans l'enceinte du véhicule.

– Surchauffe au cœur du système d'extraction ! lança un troisième homme, lové à l'arrière de la cabine. Ralentissez la vitesse d'excavation ! hurla-t-il. Sinon, la machine va se mettre en carafe.

Le jeune homme scrutait sa carte heuristique[39], où les diverses projections graphiques du système de refroidissement des turbines et du trépan y étaient inscrites. L'écran de contrôle dévoilait les principaux organes moteurs. Les microdiodes gravitaient suivant l'état de surchauffe de l'engin dont il avait la charge. En cet instant, les couleurs basculaient dans le rouge. Aristarque corrigea la progression du forage. Tel un prédateur avide d'attraper sa proie, la trompe flexible du trépan avalait les boues métallifères. Le ventre de la machine ingurgitait les différents minéraux et rejetait les sédiments par divers orifices non retenus par l'automate-trieur. La cribleuse analysait finement les substances composant la masse du dépôt, puis interceptait les minerais de nickel. L'importance des ressources n'avait de chances d'aboutir que si l'engin extracteur évoluait au rythme souhaitable. Par machine et par jour, le tonnage n'était en fait pas très élevé, mais la qualité du rendement l'emportait à la longue sur la quantité demandée. L'alarme s'intensifiait, Aristarque ne maîtrisait pas la vitesse du trépan et les diodes s'illuminaient un peu partout dans l'habitacle ; un spectacle digne d'une fin d'année devant l'autel de Zeus !

– Nom de Zeus ! La foreuse s'emballe, Ixion !

Le crâne du géant reflétait les différents tons qu'émettaient les diodes enchâssées dans la cabine. Sa mâchoire crispée faisait saillir ses muscles, dont le relief tourmenté prenait des allures de bosses et de sillons de la Nouvelle-Thessalie.

De l'extracteur, un son partit dans les aigus :

– Bouchon de ferronickel à l'entrée du trépan ! tonna le jeune Aminias.

– Positionne la buse de forage en veille ! Répondit Ixion.

– Les pistons sont grippés, sûrement dû à une fuite hydraulique ou au colmatage des collecteurs ! tempêta Aminias.

– Où en sommes-nous ? lança Ixion au jeune technicien.

– Je ne comprends rien : aucunes fuites hydrauliques ne s'affichent sur l'écran.

Le marin fit machine arrière, mais l'engin resta figé.

– Je n'arrive pas à faire reculer le véhicule !

– Incident sur l'ensemble des éléments moteurs ! Les commandes ne répondent plus ! lui signala Aminias.

L'extracteur restait ankylosé sur ses chenilles à même la masse rocailleuse du boyau. Seuls les systèmes de pression d'air et de recyclage d'oxygène fonctionnaient encore, et permettaient aux hommes de survivre parmi le vide hostile au cœur de l'aérolithe. La stridulation de détresse s'enclencha. Il n'y avait plus qu'à attendre qu'une chenille d'intervention vienne les soutirer de la galerie de gisement…

***

Emmurés dans un silence affligé, trois hommes, alignés face à l'officier Callistratos, patientaient. L'ambiance tendue annonçait un orage. Le stratège finissait d'éplucher divers dossiers. Il posa son calame avec une minutie toute militaire, et observa d'un regard noir les trois compères qui dandinaient d'un pied à l'autre :

— Bande d'incapables, avez-vous conscience des conséquences de vos actes ? En aucun cas vous n'avez tenu compte des informations de votre gyrocompas ! Vous avez négligé la procédure de recommandation des paramètres inscrits sur le tableau de bord. Le déclenchement sécuritaire du véhicule s'est mis en route, et malgré cela, vous avez persisté à outrepasser les consignes de sécurité, mettant en péril l'ensemble du site d'exploitation ! Cela fait déjà un mois que vous avez été dirigés vers la section d'exploitation Oméga, vous offrant le privilège de faire partie des prospecteurs hécatonchires. N'oubliez pas qu'ici vous n'êtes que des esclaves… Ixion ! Vous avez en charge cette équipe, comment en êtes-vous arrivés là ?

Le marin s'avança d'un pas :

— Nous étions engagés sur une veine, lorsque le système de repérage de ferronickel a lâché. Les données paraissaient incohérentes. Les paramètres de composition des structures métallifères se révélaient aberrants, alors je me suis permis de passer outre les recommandations de l'interface de l'ordinateur de bord.

L'officier pivota l'écran du terminal vers les prospecteurs ; l'image révélait une structure arachnéenne en trois D. Il prit son calame et fit progresser lentement son extrémité tout le long d'un fil d'Ariane, dont il épilogua le parcours de la foreuse durant les dernières heures d'extractions :

– Rapprochez-vous ! Vous voyez, là ! À partir de cette jonction, vous avez bifurqué en direction d'une poche de sédiments, puis juste au-dessus de cette strate, cette brisure… Là ! C'est une fissure regagnant la surface de Zeus Casius. Pourquoi avez-vous insisté ?

Le capitaine appuya sur une touche de l'inter-com :
– Envoyez-moi l'informaticien Médeios !

Les hommes prirent leur mal en patience, pendant que Callistratos continuait l'archivage de ses papiers.

Les pas de l'ingénieur rompirent le silence.
– Médeios ! Pouvez-vous nous éclairer sur les conséquences des absurdités de l'équipe Oméga ?

L'ingénieur se rapprocha de la console, pointa un doigt sur le trajet de la foreuse, et se tourna vers l'équipe muette comme une bande de carpes.

– Vous pouvez discerner ici combien la fine couche minérale, séparant le boyau des anfractuosités de l'aérolithe, semble fragile. Le problème ne concerne pas l'accès à cette entaille, mais la répercussion que cela engendre sur notre environnement vital, suite à votre intrusion dans la fine membrane siliceuse. Si vous étiez parvenus à cette cavité, le résultat aurait été désastreux. Une brèche sur l'un des sphincters peut occasionner une dépression sur la densité de l'oxygène protégeant le cocon minier, et cette soudaine déperdition atmosphérique conduit à faire imploser irrémédiablement l'astéroïde Zeus Casius.

Durant quelques gouttes de clepsydre, un silence lourd comme un char d'assaut hellénique refit surface.

– Merci Médeios, vous pouvez reprendre vos travaux !

Contenant sa colère, le supérieur redressa la tête, défiant d'un regard arrogant la brochette de proscrits.

– Une enquête est déjà en cours afin d'établir les diverses responsabilités ; en attendant, vous resterez enfermés dans vos cellules !

Parcourant le tarmac, les trois proscrits rejoignirent leur geôle, dont les toitures en forme de champignon renfermaient un poison aussi puissant que celui d'une amanite phalloïde : l'amère certitude d'un avenir incertain, ténébreux…

***

La piste d'atterrissage gardait cette odeur revêche des poussées des rétro réacteurs assurant la stabilité d'appontage du cargo. Celui-ci était posé sur la dalle du monte-charge, tel un énorme insecte, claustré dans l'antre d'un prédateur. Des hommes assuraient déjà le débarquement des fournitures de subsistance du repaire minier, secondés par le chef de l'intendance : le seigneur Callistratos !

Le personnel s'était levé bien avant l'aube – horaire de la cité athénienne – afin d'accueillir la navette spatiale et d'exécuter les servitudes d'approvisionnement du matériel d'intendance. L'officier surveillait les listes de réception des caissons d'approvisionnements et des diverses palettes, indispensables à toutes situations recluses. Un adjoint le secondait et officiait tel un robot à chaque injonction de son supérieur :

– Rodoklès ! Inspecte donc ce caisson, là… sur ta droite ! Ne te ménage pas sur le conditionnement, car la dernière fois le contenu était dans un état pitoyable.

"La prestation n'est plus ce qu'elle était !", se dit-il.

Aristarque besognait dans la soute de l'engin. Il poussait chaque palette sur les billots métalliques, et les éjectait du ventre du monstre d'acier. Arrivée en bout de course, la cargaison se retrouvait sur le monte-charge, puis la marchandise gagnait enfin le transporteur, dont Ixion avait le devoir de l'agencement. Aminias s'occupait de récupérer les codes-barres de chaque caisson et de les retranscrire sur l'ordinateur. L'intendance devait suivre car le site d'extraction était situé à plusieurs millions de stades de la capitale. Après cela, le fret était réparti suivant ses diverses fonctions.

En fin de matinée, ils se retrouvèrent attablés au réfectoire ; d'un côté de la table il y avait Cléarque, causant de philosophie, de politique et d'autres choses de l'esprit avec Eurystias, et de l'autre côté, Ixion et Aristarque discouraient sur les conséquences de leur péripétie minière, dont l'issue s'exécutera devant le seigneur Trygée. Quant à Aminias, son regard plongeait sur le gruau du repas.

Le vin était proscrit et l'alimentation permettait tout juste d'emmagasiner un peu de force, afin de lutter contre la fatigue des longues journées de corvées.

Il était tard lorsque les trois hommes comparurent

devant le magistrat Trygée. L'homme était de grande taille, malgré son âge avancé. Il portait une tunique à manches longues ; le vêtement présentait sa vétusté, néanmoins le tissu était savamment repassé et entretenu, comme s'il avait été une acquisition récente. Sur la table reposait un calame, que le militaire s'obstinait à sauvegarder des abaques à mémoire binaire ; l'électronique n'était pas son domaine. L'homme portait de longs cheveux soyeux. Des mèches argentées recouvraient les tempes et retombaient élégamment sur ses épaules, telle la crinière d'un vieux fauve attaché à son apparence. Un assistant pénétra dans la pièce ; il dépassa le trio et étala des papiers, puis susurra quelques mots à l'oreille de son supérieur. Le magistrat griffonna une note et la remit à son porteur. Les détenus patientaient : Ixion restait de marbre et Aminias gardait la tête basse. Aristarque avait le poing qui le démangeait ; d'une fureur de dragon !

  Le secrétaire repassa devant les prisonniers, puis disparut dans une pièce attenante. Le silence établissait sa présence. Le raclement du calame sur des papiers administratifs apportait son râle calligraphique. Le militaire finit de consigner ses écrits au sein de son journal de bord, puis d'une main assurée le referma.

  – Messieurs, je suis à vous ! Nous avons reçu les résultats d'expertise concernant l'excavatrice Oméga. Le directeur prit le document.

  – Il est clairement exposé que : "*...aucun élément mécanique ou électronique ne semble a priori, avoir eu une quelconque incidence (anomalie ou une déficience de quelque ordre que ce soit) sur les faits reprochés. Après avoir contrôlé les différents paramètres sur son mode de propulsion, vérifié le système hydraulique, le serveur de l'appareillage de commande, inspecté le bras d'extraction,* *les rotules, les pistons, les servomoteurs, et j'en passe... Les inspecteurs concluent à l'incompétence de l'équipe d'extraction, ainsi qu'à son manque d'anticipation sur les risques encourus. Suite à une mauvaise gestion de la commande du véhicule, l'ordinateur de bord a pris l'initiative d'immobiliser la foreuse et lancer l'appel d'urgence au centre de contrôle. La boîte noire a donc été analysée et passée au peigne fin par des inspecteurs. Soussignés, les représentants en chef du service d'entretien en robotique et du service d'analyse en télématique, Seigneurs Philonymos et Seigneur Socratès."*

Trygée releva la tête, puis conclut :

– Lorsque j'examine vos dossiers respectifs, je m'aperçois de l'excellent travail que vous avez réalisé depuis lors, ainsi que la qualité des rapports relationnels au sein du pénitencier. Je note ces états de fait sur mon journal de bord, et de vous épauler lors du conseil de discipline à venir.

L'officier se leva, fit le tour du bureau et se plaça devant l'équipe Oméga :

– Dès demain, se tiendra une réunion de travail : elle sera composée du Seigneur Timoclès, du Seigneur Callistratos, des chefs des services compétents en la matière, c'est-à-dire les Seigneurs Philonymos et Socratès et enfin de moi-même. Nous conclurons donc ensemble sur cette malheureuse affaire, et des conséquences sur vos destins. Soyez donc prêt à toute éventualité, mais je tiens à vous assurer que j'aurai le dernier mot. Si vous avez une ou deux questions, elles sont les bienvenues.

Ixion s'avança d'un pas :

– Seigneur Trygée ! Vous nous avez soumis à de

hautes responsabilités. Nous n'avions que peu de compétences en la matière.

– Ixion ! Je sais combien votre soif de démocratie coule dans vos veines. Votre dossier croule sous les témoignages de vos péripéties, dont bien des hommes devraient méditer. Ce service était une largesse, en réponse à votre bonne conduite au sein de l'établissement. Quelle que soit l'issue de cette affaire, vous devrez suivre scrupuleusement les ordres qui vous seront donnés.

Lorsque le groupe sortit du bureau de l'administrateur, une équipe s'affairait à prendre place sur un extracteur en dormance sur ses larges chenilles. Les torches à plasma éclairaient vaguement la cavité d'exploitation. Seuls deux gardes Scythes veillaient à ce calme apparent. Un semblant de nuit y avait élu domicile et attirait quelques phalènes, dansant autour des faisceaux lumineux. Leur destin était comme celui des hommes : soumis à une issue tragique, dont seul le Styx[40] en serait l'issue fatale.

Au cœur de la prison Zeus-Casius, Philonymos posa la pièce métallique huileuse sur le bureau du seigneur Trygée. Le directeur forma un sourire timide en observant le distributeur encore imprégné de son huile hydraulique. Le segment du répartiteur des fluides était la pièce défectueuse de l'hécatonchire, auquel l'équipe Oméga en avait la responsabilité. Le spécialiste en robotique et motorisation regarda froidement son supérieur :

– Voilà le segment, Seigneur Trygée !

– J'espère que votre équipe sait tenir sa langue ! Je ne souhaiterais pas que l'ensemble de l'encadrement du site se retrouve forcé d'assumer de fâcheuses poursuites pénales !

Le technicien vit rouge :

– Seigneur ! Vos tractations avec un membre du Sénat

risquent de coûter très cher à mes hommes, tout cela à cause de la femme d'un arch…

– Taisez-vous Philonymos ! Trygée coupa les propos de son subalterne et se leva soudainement de son siège. Vous étiez au courant, et semblable aux autres Eupatrides, vous avez signé cette coalition. Je vous interdis ! Vous entendez ! Je vous interdis de prononcer ici le nom de cette personne, sous peine de vous retrouver en fâcheuse posture. Il me semble que votre femme est toujours alitée et que votre maîtresse mène grand train de vie, digne d'une épouse de magistrat.

Face à cette déclaration le technicien fit grise mine.

Accompagné d'une assurance dignitaire, le directeur se rassit :

– Éloignez de mon regard cet instrument ! Mettez-le… où vous voudrez ! Et faites en sorte que l'hécatonchire soit fin prêt pour le prochain forage. Dès demain matin je le veux paré à appareiller, accompagné d'une nouvelle équipe. J'espère que vous avez déjà recruté la nouvelle section !

Le cadre se retira de l'entrevue : l'amère coalition risquait de mettre un terme à son contrat avec la Compagnie Galatée, mais il savait bien que : "*l'on n'a rien sans rien !*"

Chroniques de Déméter :
"Durant la cérémonie des Thyiades, la Grande mère des Saints mystères offrit à notre seigneur Dionysos de l'origan, du musc, du vin et de l'encens de storax ; sous l'éclat des étoiles, et à la lueur des flambeaux, notre prêtresse poussait des cris hystériques et dansait sur le son du syrinx, des flûtes de Pan et des cymbales...
Mon esprit divaguait, embrumé par le suc du lierre et la liqueur de vin ; les formes et les couleurs se scindèrent, m'offrant une évanescente polychromie d'images mouvantes. Sous le porche de la folie réside l'illustre maître des opposés : Dionysos Sôter, Dionysos le Rédempteur !
Soudain un serpent albinos sortit de la pénombre, longea mes jambes et se réfugia sous ma tunique. Tel le caducée du grand Hermès, le reptile des Hadès encercla ma cuisse et rampa vers ce gîte moite et velouté... afin de me déflorer. Douce présence ophidienne, à laquelle je ne céderai pour rien au monde."

Notes d'une jeune servante Ménade, durant un culte à Dionysos Sôter, sur un mont boisé du Parnasse.

12

RETOUR SUR LA NOUVELLE-ATHÈNES

Une pluie battante frappait les grandes baies vitrées du cabinet du juge-arbitre, le seigneur Alexandros. Elle s'invitait sur les vitrages afin de percer les confidences des deux hommes. La pièce était spacieuse et faisait partie d'une des ailes de l'édifice de la Pnyx, là où se rassemble le peuple afin de promulguer les lois athéniennes. La voûte avait besoin d'une bonne restauration ; les murs étaient à nus, dépouillés de tout ornement superflu. De grands rideaux Terre-De-Sienne, élimés par le temps, encadraient les vitrages salis par la pollution urbaine. Le mobilier pliait sous le poids des paperasseries administratives, des notes et autres documents juridiques.

– Mon ami ! Cela fait si longtemps que je travaille derrière ce secrétaire, que tout comme lui, je plie sous la charge des ordonnances et des actes procéduriers.

L'avocat qui parlait ainsi avait pénétré le seuil de la soixantaine. Le crâne était impeccablement rasé. Le port voûté du juriste supportait une mine blafarde. Sa bouche mince comme un trait de crayon, et la voix qui en sortait, trahissait l'usure des années. Le drapé de l'himation[41] n'avait pas cette élégance aristocratique des jeunes loups sortant des grandes écoles de Droit. Il s'y emmaillotait, comme un dernier refuge avant le Grand Saut vers les Champs-Élysées.

Lysandre trompait ses angoisses en acquiesçant du chef. Tel un spectre issu du sombre Tartare, sa tonsure laiteuse prenait des tons jaunâtres.

Une lumière blafarde s'invita sur la nuque du retraité et dévoila les replis du cou, trahissant une vieillesse prompte à prendre ses positions. Son visage était marqué par les angoisses de la disparition d'un enfant adopté : ce n'était pas la chair de sa chair, mais la chair
d'un cœur empli de tristesse, dont des brides du passé refluaient aussi souvent que le temps prolongeait cette dislocation affective. Après plusieurs semaines parmi les membres des anciens sénateurs, il avait connaissance de l'internement d'Ixion au sein d'un astéroïde-prison, d'où on y extrait de précieux minéraux. Le système astéroïdal de Daedalus ressemblait à un diadème de roches, enclavant l'éclat de l'étoile Phébus. Lysandre n'avait plus le choix et

devait forcer le sénateur Talos à parler, quitte à risquer sa place au sein de sa tribu. Les Hellènes allaient se heurter et risquaient de disloquer le fragile compromis entre les Grandes Maisons.

Déjà, les Perses avaient eu connaissance de cette trame politique hellénique qui commençait à s'effilocher. Le roi Xerxès riait et attendait que le conflit entre les grandes familles déchire la fragile alliance démocratique. Le seigneur des Perses n'aurait plus qu'à tirer sur le fil ténu de l'écheveau grec, afin d'apporter un "lieutenant de Dieu", un Basileus, sur les fondations des Hellènes. Alors l'empire des fils et des filles d'Athéna aura vécu.

– Alexandros, j'ai fait le tour des anciens, la Stoa n'est plus qu'un champ d'insultes et de railleries à mon encontre, ma maison est en proie au doute et ma fratrie me tourne le dos. Au sein de mon village natal, ceux qui jadis me touchaient l'épaule s'écartent désormais de mon chemin. Que faire ? Dois-je abandonner mon fils à son sort funeste ?

L'avocat gratta son menton, dont quelques poils hirsutes tapissaient son visage émacié.

– Lors de notre dernière entrevue, vous avez accordé toute votre confiance en mon professionnalisme. Si ce cap est si pénible en ce moment, sachez que je ne vous laisserai pas tomber, même si nos recours, et cela, j'en conviens, sont hélas bien minces. Pour déclencher notre procédure judiciaire, nous allons commencer par lancer un *antigraphe*. Cette action juridique permettra la confrontation des deux parties, grâce à toutes les qualifications requises que votre dossier aura cumulées. Après l'appui d'un magistrat pourra être entrevu. Le législateur vous donne le droit à une assistance des gardiens de la loi, si vos démarches sont conformes à la législation en vigueur, et nous allons nous y conformer. Nous ouvrirons donc le dossier en commençant par une procédure de plainte.

Dehors, Éole redoublait de violence et lançait ses assauts venteux sur le bastion de la démocratie athénienne. Au pied de la Pnyx, les feuilles mortes des platanes venaient s'y échouer dans leurs robes aux couleurs automnales.

Chroniques de Déméter :
"... Vous me faites penser à ces marginaux, à ces pharmakoi que l'on ose encore lapider dans les petits villages isolés de l'Attique, afin de repousser les fléaux qui gangrènent la cité – mettez de l'ardeur dans vos études, sans quoi, lorsque vous entrerez de plain-pied dans la vie active, la communauté ne vous laissera pas d'autres choix que de vous expatrier sur l'une des nombreuses colonies des Hellènes, loin de votre mère patrie !... (Études sur Nyx et la Semence).

Exhortations de Cléobule, maître d'éloquence à l'Université de la Nouvelle-Athènes, à l'encontre de quelques étudiants indisciplinés, le troisième jour de la troisième décade du mois de thargélion, durant la 1724ᵉ olympiade.

13

DESTINATION KENTAUROS

L'aube naissait, fragile dans le temps et l'espace. L'œil jaunâtre de Phébus éclairait l'assise des nuages, dont l'ourlet vaporeux s'habillait de chaudes couleurs, allant du jaune doré aux tons plus safran. Le spectacle de la création devenait grandiose : à l'horizon, tel un collier d'hématite, l'échine montagneuse enserrait le mont Olympe, dont les crocs arrachés aux Titans servaient de parure minérale. On se serait cru à l'aube de la création, en attente d'une étincelle de vie. L'astre solaire prenait de la hauteur et irradiait l'univers du vivant. Tout d'abord insignifiant, un point naissait aux abords du mont divin, là où les dieux prenaient leur villégiature. Puis ce point prit de l'ampleur ; il se dilatait en une sombre masse compacte au-dessus des terres de l'Adriatique. D'un noir charbonneux, une nuée s'approchait comme une aile immense, et rongeait peu à peu l'espace scénique de dame Nature. De ce nuage d'oiseaux criards, entre chaque battement de leurs ailes, des croassements se propageaient aux alentours. Le nuage de corbeaux absorba le panorama des terres helléniques, si tourmentées et fertiles. La scène devenait chimérique : le sombre de leur robe, aux couleurs de la nuit, tranchait sur leur face humaine blafarde. Les visages se dupliquaient en une seule et même créature. À tire d'aile, les corvidés rejoignaient le témoin indélicat, innocent du drame qui allait se nouer en ces lieux. Les milliers de portraits - enchâssés sur ces obscurs volatiles - reproduisaient l'image fidèle de dame Héra. Et leurs bouches criaient : Héra ! Héra ! Héra… ! Puis les créatures cernèrent l'homme, attaché sur un disque embrasé. Elles dévorèrent ses entrailles, arrachèrent ses organes génitaux et ses yeux. Sous leurs regards narquois, les faciès changeaient de forme : tantôt ils devenaient dame Héra, tantôt ils prenaient la forme de la nécromancienne. La magicienne affirmait sa présence, intermédiaire entre l'univers du vivant et celui de la déesse Hécate : la gardienne de l'Hadès…

    Ixion se releva, le souffle court et le corps en sueur ; ce cauchemar détenait bien des symboles ! Autour de lui, ses compagnons sommeillaient encore, sûrement plongés dans des rêves bien plus accueillants. Il sentait que les Augures l'avaient laissé en plan. Là-bas, sur Déméter : un homme, un clan, une fratrie s'occupaient à ce qu'il demeurât au plus loin d'Héra et de sa famille. Son père n'avait que peu d'espoir de le recouvrer, et l'oligarchie d'une ou deux familles pouvait occulter des méfaits les plus sordides. Cette démocratie trébuchante ne pouvait pas le sortir du guêpier de Zeus Casius ! Le seigneur Trygée restait un pion sur cet échiquier géant ; sa classe sociale l'interdisait d'interférer dans l'ordre des choses. Les riches rivalisaient d'invention pour couper court aux agissements d'un homme descendant de la classe des thètes[42]. Lysandre savait cela, il n'avait cure de la désapprobation de sa propre tribu et allait de l'avant. Il croyait qu'un jour chaque homme naîtrait libre, affranchi du devoir de tutelle de sa propre caste.

Retour sur Zeus Casius :

Semblable à un énorme coléoptère en attente d'un nouveau transit, le vaisseau-conteneurs reposait ses énormes pattes sur le plateau d'envol. Dans les entrailles de la navette, des zones compartimentées séparaient les hommes des réservoirs du minerai. Ses moteurs allaient les expédier vers un astre composé de roches, de métal bouillonnant, de sidérurgie. Là-bas sur Kentauros, les chaudières des hauts-fourneaux les attendaient : broyer, laminer, liquéfier et transformer le métal en ferrocônes de nickel formait les éléments essentiels de l'activité métallurgique qui régnait sur la planète des centaures. Les acides et les vapeurs toxiques en faisaient succomber plus d'un, sans compter les affections de la peau, des bronches, et le système immunitaire qui défaillait un jour ou l'autre.

Lorsque le dernier passager pénétra au sein du cargo, et que l'ultime palette fut amarrée, le coléoptère argenté s'éleva du tarmac d'appontage. Sous la calotte minérale de Zeus Casius, le sphincter déploya ses immenses pétales, tel un bouton floral dévoilant son cœur d'étamines et de pollens. La navette céleste émergea du silo d'envol, côtoya la surface ravinée de l'astéroïde et déploya ses élytres. Le terrain tourmenté de l'aérolithe s'érigeait en plis et fissures ; à cela s'ajoutait l'éclat des moteurs de stabilisation gravitationnelle de la base. Les puissants réacteurs étaient disséminés en divers endroits stratégiques. L'automatisation des turbines offrait l'assurance permanente d'une pesanteur adéquate au site d'extraction. Les éclats des réacteurs contrastaient sur le brun ambré du terrain accidenté. Sur le drapé du ciel, le chatoiement glacé des astres perçait le sombre velours de l'espace stellaire. Les moteurs à propulsion atomique du transporteur se mirent en route, l'engin prit de l'assurance et s'arracha de l'attraction de Zeus Casius.

Le paysage de Kentauros était enveloppé d'une écharpe brumeuse grêlée de particules métallifères. Sur le tarmac, le vaisseau venait tout juste de se poser, et déjà les esclaves assuraient le transfert des marchandises. Les odeurs des turbines se mêlaient : nauséabondes et acides. Au sein de cet environnement hostile le sas du vaisseau s'ouvrit. Tout autour, on entendait les vociférations des donneurs d'ordres. Les gardiens ordonnèrent aux occupants de dévaler rapidement de la navette. Lorsque les détenus posèrent les pieds sur le sol de Kentauros, les centaures les attendaient et beuglaient leurs directives aux esclaves manutentionnaires. Les êtres mi-homme mi-cheval dominaient de plusieurs têtes leurs souffre-douleur. Fouet d'une main et Lance-foudre de l'autre, les soldats menaient d'une main de fer la ronde des opérations. Leur partie animale frémissait sous les assauts nerveux ; leurs flancs vibraient de puissance musculaire et d'instabilité caractérielle. Les queues fouettaient l'air, et si par malheur un prisonnier venait à se placer trop près de leur croupe, il risquait de se faire éventrer par des coups de sabots. Les nouveaux arrivants furent encadrés de sitôt. Un garde se détacha de ce singulier groupe de gardiens hystériques : torse puissant, baudrier supportant l'arc à rayon et cheveux hirsutes au vent. Le capitaine arbora sa prestance, et inspecta de son regard foudroyant la nouvelle génération de travailleurs miniers. L'éclat des coups de sabots diffusait une fine poussière brunâtre venant soulever une terre jaune et stérile. Il fit sa circonvolution autour des détenus, puis se positionna face à eux, dans une posture fière et arrogante. Au zénith de sa personne, le disque froid et lointain de Phébus couronnait sa tête d'un halo orangé. Le centaure plaqua sa lance près de son flanc, puis dressa un bras, dont les muscles saillaient en de noueuses contorsions. Paume tournée vers la voûte céleste, il exprima son dédain pour la race humaine :

– Je me nomme Eurynomos. Je suis le capitaine de la garde centaure. Vous devrez suivre toutes mes directives à la lettre. Ici on ne parle pas et on ne réprouve pas les injonctions des gardiens. Tout manquement disciplinaire sera soumis à des représailles, et cela sur-le-champ. Ici, chacun d'entre vous a un rôle à jouer, et ne croyez pas que vous pouvez acheter qui que ce soit. Votre race est inconstante, votre caractère est soumis aux aléas de vos flux émotionnels. Le caractère versatile des hommes mue d'un extrême à l'autre, soumis à une indicible immaturité relationnelle. La lignée centaure est de loin bien plus supérieure, et si nous aussi nous possédons notre talon d'Achille, il n'en demeure pas moins que notre sobriété émotionnelle renforce notre adhésion au sein du clan…

L'ombre de sa personne se déployait sur les captifs. Il continua quelques diatribes sur l'épopée humaine et sa soif de puissance. Néanmoins, il savait que sans la collaboration de la coalition hellénique, son quotidien et celui des siens ne seraient qu'une austérité permanente. Le marché conclu avec la Compagnie Galatée permettait au peuple de Kentauros de subvenir aux nécessités de base. Ils expédiaient les ferrocônes de nickel sur Déméter et percevaient en échange des prestations de service, tant pour la nourriture, que pour le matériel mécanique et informatique.

Avec son environnement guère accueillant, le sous-sol de Kentauros détenait peu d'éléments minéraux exploitables. Le paysage offrait à la vue une vaste étendue de terre rocailleuse, dont les assauts d'un vent brûlant soulevaient de fines poussières ocre. Tel le satellite de la planète Terre, Kentauros exposait toujours sa même face au regard de sa belle étoile Phébus : une face brûlante et une autre glacée. Le volcan Pélion présentait son manteau basaltique. Sa prestance surplombait le panorama du site métallurgique. À son assise, des édifices en adobe accueillaient les détenus. Les serfs y étaient parqués, juste le temps d'un repos salvateur. Puis les esclaves repartaient hanter le ventre de l'éminence magmatique, dont les nouveaux prisonniers apercevaient l'entrée de la fonderie : une lézarde géante balafrait l'assise même du rocher. Des fumerolles sortaient par diverses anfractuosités, apportant des odeurs acides jusqu'à leurs narines. La technologie restait primitive, et la rentabilité s'exerçait par la grâce d'une main-d'œuvre facile, offerte par la justice expéditive des Hellènes.

Les hommes partirent rejoindre la cité-dortoir, encadrés par les gardes centaures. Ils longèrent les premiers baraquements ; des enfants, des femmes, certaines enceintes, les observaient en silence. Leur face livide et effacée en disait plus qu'un long discours. La maigreur résidait là, à chaque coin du cantonnement.

Ixion se surprit à invoquer la divine Athéna :

"Toi Athénée, fille de Zeus, conseillère des héros, oublies-tu tes enfants ?
Regarde ! La souffrance gît sur leur visage ! La joie s'est retirée de leur cœur, laissant L'infamie pénétrer l'Andron ;
Semblable à la fureur des Érinyes, ma colère s'assoiffe de vengeance ;
Souviens-toi des Arrhéphores ! Tes servantes tissèrent ta tunique, afin d'en vêtir ton image ;
Et des vierges porteuses de canéphores, dont leurs paniers sacrés surmontaient des visages, Fiers et hautains devant l'assemblée des Anciens ;
Pareille à la brebis, dois-je me sacrifier sur l'autel des holocaustes ?
Mon offrande arborera la couleur d'un Phébus agonisant, revêtu d'une pourpre colérique ;
L'Empire est ton coussin, sur lequel reposent tes pieds divins ;
Entends-tu gémir tes enfants ?
Dresse le glaive de la Justice, et de ton égide protège les descendants d'Ulysse ;
Déesse de la lutte et des combats, tu es notre Victoire... Notre Pallas Athénée !"

Un attroupement encombrait la place : des cris de souffrance s'y élevaient. Les centaures dirigeaient les nouveaux esclaves en direction de ce théâtre, dont aucun éclat de rire n'y émergeait. Des claquements de fouet intimaient l'ordre aux déportés d'ouvrir l'arène : une tragédie s'y produisait. Allongé à même le sol, un homme avait les bras et les jambes écartés par des courroies de tension. Un bourreau s'affairait à ce service ingrat.

Aristarque se rapprocha d'Ixion.

– C'est une lyre de torture !

Le marin en avait saisi le principe : tant que le supplicié ne répondait pas (ou mal) à l'interrogatoire, le bourreau effectuait un tour de roue supplémentaire. Le capitaine de la garde s'approcha des nouveaux détenus et déploya tout son faste mi-homme, mi-équidé :

– Ce vaurien nous a volé des outils, et nous nous attachons à ce qu'il restitue nos biens. Profitez de ce spectacle et consignez-le dans votre crâne, afin que vous non plus, ils ne vous prennent l'envie d'accomplir des actes répréhensibles !

Un vent glacial gémissait sur la cuvette du mont Pélion. Il transportait au-dessus des humains les tourments d'un affligé. Le supplicié finit par avouer ses méfaits, mais comme tout le monde le sait : *"la soif du Malin est sans commune mesure"*. Sur ordre de son supérieur le bourreau continua son office… Jusqu'à ce que mort s'en suive !

Retour sur Déméter :

L'humidité s'était installée dans le cabinet du juge-arbitre Alexandros, et la pluie continuait de frapper les vitrages de la Pnyx. Le crépuscule s'affalait sur l'Agora et recouvrait de son manteau grisâtre la Nouvelle Athènes. L'orage éclata et illumina la pièce de tons fluo et froids. Alexandros finissait la lecture de la sentence du jury du Diskatai. La mine de seigneur Lysandre ne présageait rien de bon. La bourrasque s'animait aussi dans son cœur : une tempête remplie de colère et d'amertume.

"… Ils ne m'ont même pas accordé une audience !" répétait-il sans cesse.

Son avocat acheva la lecture du compte rendu, qui

concernait le litige entre le seigneur Lysandre et le seigneur Talos. Il reposa le dossier sur la table, débordant de recours en attente et autres tracasseries administratives. L'homme avait le teint cireux et ses traits tirés trahissaient un manque sommeil, dont tôt ou tard il risquait d'en subir les conséquences.

– ... Le Héraut renvoie donc l'affaire entre les deux parties…

– J'ai été débouté, coupa et soupira Lysandre.

– Lysandre, laissez-moi terminer au moins ! Je vous disais que cette sentence renvoie le litige entre les deux parties, et que les juges-arbitres peuvent satisfaire leur client en les avisant qu'une injonction de satisfaction de jouissance sera établie sur la partie adverse devant se décharger de cette voie de recours…

– Seigneur Zeus ! coupa encore Lysandre. Que me dites-vous là, Maître Alexandros ? Si je perds le compromis, je serai obligé de lui léguer mes biens fonciers !

– Lysandre ! Cette décision judiciaire peut faire valoir bien des supputations à charge ! C'est votre dernier recours, aucun Eupatride ne se mettra à dos de sa tribu, et surtout de sa condition sociale pour vous seconder et contrer le sénateur Talos.

– Cette procédure n'est qu'une ébauche judiciaire ! Si nous nous jetons dans ce compromis je suis un homme ruiné !

– De toute façon vous avez le temps de réfléchir, et cela me permet de prendre des mesures adéquates afin de parfaire cette voie de recours.

– Ne me faites pas croire, Alexandros, que ce compromis n'est qu'un procès sans grande conséquence ? N'est-ce donc qu'un simple *"Bolitou Dikè"* [43] ?

Un grondement de tonnerre domina les terres athéniennes : Zeus Kataibatès dressait son égide. L'orage redoublait de violence et emportait dans son sillage les dernières feuilles des platanes allant s'engouffrer dans les caniveaux de la Nouvelle-Athènes. L'obscurité s'était installée, et les réverbères illuminaient l'Agora d'une lumière froide : un bleu souillé par les eaux sales de la cité qui allaient se jeter dans la grande Thalassa, la mer.

Sur Kentauros le fouet claquait. Sous l'effet de la flagellation le condamné cambra le dos, puis s'affala sur le sol empoussiéré de particules métallifères. Le centaure glissa son fouet dans son fourreau et lança un coup de sabot sur le manutentionnaire. Aux alentours, les prisonniers avaient suspendu leurs corvées et observaient l'ignoble scène, ne laissant paraître aucun trouble intérieur pouvant les desservir.

– Redresse-toi et poursuis ton travail ! Tu es un homme, pas un saurien voué à ramper sur la terre de Kentauros !

L'esclave se releva péniblement et s'agrippa aux bras de la charrette, puis reprit son labeur. Le haut-fourneau ressemblait à un volcan : le métal liquéfié diffusait sa langue incandescente tout au long de sa course fluidique. Aristarque s'employait à contrôler la coulée du minerai, et s'activait à ce que l'opération de transfert du métal en fusion s'opère correctement. Un tablier en cuir et une visière abritaient le marin. Sa peau flamboyait sous l'éclat écarlate du métal liquéfié. Équipé d'une barre à mine, ses muscles saillaient lorsqu'il officiait sur le rebord du fil de coulée ; tel Charon, le nocher du Styx, repoussant de sa godille les courants agités du fleuve Phlégéthon[44].

Ixion et Aristarque s'occupèrent ensuite de la lubrification du laminoir, et transportaient les graisseurs tout près des feuilles incandescentes. Les deux hommes sillonnaient les cylindres de compression. Les centaures se chargeaient de la sécurité du site et de l'encadrement des ouvriers. Les gardes intervenaient par la force dès qu'un humain manifestait un signe d'abdication. Le matériel s'avérait archaïque : l'appareillage se composait d'un système de transmission d'énergie par courroies et vis sans fin. Parqué dans une des nombreuses cavités du mont Pélion, l'immense carrousel fournissait l'énergie vitale aux divers éléments mécaniques peuplant le site sidérurgique. Des d'êtres décharnés s'accrochaient laborieusement sur les barres de poussée, cela permettait de mettre en branle l'énorme complexe métallurgique ; la forge, le laminoir et les soufflets se mouvaient sous une contribution d'esclaves, qui actionnaient l'ensemble du carrousel dans une éternelle circumambulation. Les détenus mettaient en branle cette barre sans vaisseau, en partance pour un long cours vers la mort… Un long cours vers les enfers !

Retour sur la Nouvelle Athènes :

En ce début de matinée, le temps semblait de la partie : un ciel voilé de brume, lacéré par la course d'un soleil apathique. Le givre étalait son drapé ; le linceul glacé scintillait sur les dalles de l'Agora, parcourues par quelques âmes emmitouflées dans leurs grands manteaux. Une belle dame - visiblement de la classe aristocratique -, longeait l'enceinte de l'assemblée du peuple. Fière, guindée et sensible à l'apparence, elle se hâtait. Enveloppée dans sa luxueuse fourrure, elle faisait tourner les regards des passants. Ses bottes tonnaient à chaque pas, et invitaient les oreilles du simple passant à écouter le fruit de ses emplettes exubérantes.

Le juge-arbitre releva la tête, un frêle sourire s'y dessina :

– Manifestement notre combat a mené ses fruits. Le Seigneur Talos accepte votre proposition. Cet accord nous est acquis, sous condition, bien sûr, du retrait d'accusation, comme il a été convenu lors de notre dernière rencontre.

Lysandre joignit les mains et remercia la déesse Déméter de ses largesses. Ses cheveux devenaient plus blancs qu'ils ne l'avaient jamais été. Sur son visage, la pâleur reflétait un combat entre la fatigue due à l'âge et sa raison de père atrophié. La maigreur l'avait rattrapé et sonnait le glas d'une descente inéluctable vers sa destinée.

Aux portes de la cité, le soleil Phébus descendait à la rencontre de la demeure d'Hadès. Les deux avocats se regardaient en chiens de faïence ; leurs similitudes s'arrêtaient à leurs vocations, mais les caractères différaient fortement. Les hommes de la déesse Thémis se présentèrent, conformément aux us et coutumes de la corporation. Ils échangèrent leurs plis, sous le regard inquisiteur de l'œil empourpré d'un énorme soleil couchant. Puis ils repartirent chacun de leur côté, en direction des véhicules sur coussins d'air stationnés de part et d'autre de l'avenue.

Alexandros remit le pli scellé à Lysandre. Doigts tremblants, le vieil homme déchira la lettre ; un mot, un seul mot y était écrit en lettres cursives : *"Daedalus"* ! Lysandre savait enfin à quoi s'en tenir. Dorénavant, il pouvait orienter ses recherches. Mais insérer l'image de son fils au sein d'un aérolithe-prison, là non il ne pouvait pas ! Le vieillard rendit le pli à l'avocat. Alexandros en observa furtivement le contenu, puis fit démarrer le luxueux véhicule décoré en bois de rose.

– Lysandre ! Ne vous méprenez pas, à l'heure actuelle votre fils ne réside plus sur le site carcéral de Daedalus. La classe des Eupatrides fera en sorte de vous écarter de votre enfant, et quoi que vous fassiez il y aura toujours quelqu'un pour vous mettre des bâtons dans les roues…

Malgré les embûches, le vieux parlementaire avait atteint son but : forcer le sénateur à cracher le morceau. Maintenant, chacun pouvait aller à ses préoccupations propres ; pour l'un l'univers du pouvoir, et l'autre la poursuite d'une quête de bonheur, brisé par des différends entre les tribus des Hellènes.

Les feux de la voiture ouvraient la route, encadrés par les bâtisses délabrées du vieux quartier. Le faubourg étalait ses façades glauques, devant un homme tourmenté par des conflits entre la raison et l'affection. Déjà, il n'avait plus le cœur à se battre. Assis à côté du juge-arbitre, il fut pris d'une douleur fulgurante dans la poitrine. Lorsque le notaire Alexandros s'en aperçut il était déjà trop tard : Lysandre avait rejoint les Champs-Élysées. Le vieux sénateur n'avait pu mener à bien l'espoir de revoir le visage de son fils adoptif.

Juste derrière l'Acropole, Phébus se couchait sur le lit de la planète Déméter. L'œil de feu irradiait ses dernières lueurs, loin… Si loin de la mère patrie, la Terre !

Chroniques de Déméter :
"... La fête nuptiale battait son plein : sous le son des cymbales, des flûtes, et le chant imposant des hommes, l'épousée – couronnée de fleurs de pavot – pénétra le seuil de sa nouvelle demeure, assise sur les épaules de son jeune mari. Arrivés aux pieds du nouveau lit conjugal, la belle, parée de ses plus beaux atours, et le conjoint reçurent en offrande des katachusmata ; des gâteaux et des figues, placés précieusement sur leur tête… (Études sur Nyx et la Semence).

Cléobule, maître d'éloquence à l'Université de la Nouvelle-Athènes. Témoignage de cérémonie du mariage de sa nièce Pasiphaé, le cinquième jour de la première décade du mois de gamélion, durant la 1724ᵉ olympiade.

14

LA VICTOIRE SANS AILES

Des rais de lumière transperçaient les vitrages du Parlement des Hellènes et illuminaient les visages graves des sénateurs. Ce n'était pas une douce polyphonie qui dominait l'hémicycle de l'Écclésia, mais bien un chant de discordes et d'insultes entre gens civilisés. Tout le peuple avait accouru à l'annonce d'une crise majeure avec les Perses. Il y avait même des métèques et des esclaves, lâchés momentanément de leurs servitudes. Les membres de l'Aréopage, du Sénat et des stratèges exhibaient leur présence. L'archonte s'évertuait à calmer l'assemblée. Sur le dallage d'or et d'argent de l'Attica Respublica y était inscrit en lettres d'or le principe même de la constitution hellénique : *"Iségoria – Isonomia –*

Isokrateia" [45]. Mais ces égalités-là semblaient absentes, et renvoyaient des uns aux autres des affaires bien trop complexes pour qu'une ou l'autre frange des dix tribus y trouve à redire. Le garde des sceaux était placé juste sous la rangée du sénateur Coros ; il frappa avec son maillet afin de calmer l'ardeur des fratries. Les nobles comme les gens du petit peuple se renvoyaient la balle : "à qui la faute ?"

Un effet Larsen fusa des haut-parleurs et assourdissait l'ensemble des protagonistes de l'Écclésia. Le seigneur Coros rassembla sa voix de ténor :

"Les Perses raillent… Oui, les Perses raillent, d'entendre les enfants d'Athéna se quereller comme des canidés. N'êtes-vous donc qu'une bande de chiens, affublés d'un simple chiton ? N'êtes-vous pas plus que cela pour ainsi vous déchirer ?"

Le silence reprit ses aises, et le seigneur Coros put poursuivre son discours :

– Les colonies sont en danger et le traité avec l'ennemi n'est plus qu'un simple bout de papier, dorénavant sans valeur. Les colonies d'Agamemnon et d'Aéolus sont soumises à l'embargo par l'armée adverse. Et pour confirmer mon allocution, nous avons la satisfaction d'avoir avec nous les seigneurs Protimos et Isocrate, chanceux gouverneurs d'Aéolus et d'Agamemnon. Oui, chanceux d'être passés au travers des mailles du filet militaire perse !

Le peuple se leva comme un seul homme, et les acclama sous des bravos et des vives félicitations. Le député d'Aéolus prit la parole, le silence envahit les estrades de l'Écclésia.

– Nous avions conclu un traité diplomatique avec les barbares, et des contrats à valeurs
marchandes étaient en bonne voie, surtout dans les domaines

agraires et immobiliers. L'armée
de Xerxès a débarqué le deux de la troisième décade du mois de Posidéon. La fête de Zeus s'était terminée dans la joie d'une année prolifique, après tant d'épreuves à lutter contre l'avancée de la désertification et les affres de l'austérité. Les cours de la Bourse s'envolaient et
les profits permettaient l'essor d'un cadre de vie confortable, et cela pour toutes les classes sociales…

La voix du gouverneur s'enraya ; une larme sillonna son visage, marqué par l'âge et la peur. Un visage craquelé par des rides de tristesse, qui en savait si long sur ce qui s'était passé sur Aéolus, qu'il suffisait d'en suivre les contours disgracieux pour en deviner les épreuves subies. La larme s'enfonça dans ce lit de chair graveleux et froissé, et s'y perdit.

– Les troupes Médo-Perses ont débarqué avec tout leur attirail militaire et ont envahi autant la ville, les côtes, que l'intérieur des terres. Tous les dèmes[46] furent soumis à l'usure de leurs bottes. Mais le pire ! C'est d'avoir osé fouler les temples, renverser les statues des divinités et profaner l'aire sacrée des sanctuaires. Aucune sépulture n'a échappé à leur acharnement, sauf peut-être dans les campagnes les plus reculées. Leurs guerriers ont violé nos femmes sous nos yeux et enlevé nos enfants. Des milliers d'hommes valides nous ont été arrachés et soumis aux pires tortures barbares. Notre armée a été surprise par la rapidité de leurs intentions : nous soupçonnons des liens illicites entre quelques stratèges et le haut commandement perse. Des trahisons ont sûrement eu lieu… Seigneurs de la coalition ! Notre traité avec Athènes est gravé à même le marbre de la stèle dormant au sein de l'Acropole. Oublierez-vous cette alliance à laquelle Athènes tient tant ? Viendrez-vous secourir vos frères ? Vous, les Hellènes !

Les sénateurs se levèrent le cœur meurtri et appelèrent le Seigneur Zeus à la rescousse. Le Synode n'avait pas besoin d'un vote à main levée pour décider de l'envoi d'une cohorte militaire. Les tribus avaient écarté leurs divergences afin d'affronter, ensemble, des lendemains difficiles. La *"Clamor"* s'appropria l'espace sonore de l'hémicycle. Le chant de guerre se répercutait d'un mur à l'autre de la maison des Hellènes, et faisait trembler son assise. Les chefs des dix tribus de l'Attique venaient de se rapprocher, et Athéna la guerrière pouvait revendiquer son statut de première dame des Hellènes.

***

Des êtres, dont l'âme vacillait entre survie et passage vers les Hadès, traînaient lamentablement leur carcasse autour du carrousel. Engrenages, courroies et vis sans fin prenaient vie par la grâce de leurs souffrances. Certains demandaient la dernière obole pour l'offrande à Charon : celle menant droit aux enfers ; bien plus accueillants que les forges de Kentauros. Chaque jour révélait son cortège funèbre d'enfants, de femmes et d'hommes emportés par la maladie et les privations que les centaures employaient par soif de cruauté.

Au cœur du mont Pélion, les feux des braseros illuminaient le site en de fragiles compositions lumineuses : un kaléidoscope de jaune et de bleu. À l'extérieur, le frêle disque d'Hélios s'accrochait lamentablement sur la toile blafarde du ciel de Kentauros. Les vents d'un Hermès déchaîné parcouraient les plaines et les monts. Les courants aériens clamaient haut et fort le désir de purifier la planète des relents d'odeurs pestilentielles venant empester les charniers. Les fleuves des enfers, Cocyte et Phlégéton, se gavaient de l'affliction des âmes défuntes promises à Hadès, le seigneur des Enfers.

Aminias jouait avec la petite de Pasiphaé. Il avait façonné une poupée avec quelques bouts de chiffon et trois ficelles. Il s'imaginait déjà jouer sur la scène de l'Odéon de la Nouvelle Athènes, devant l'assemblée des tragédiens de la Comoedia. Hélicé riait aux éclats. Sa mère savourait cette vision d'amour et de sérénité, si fragile et éphémère.

Puis Aristarque sortit de la maison et s'approcha de l'enfant. Le géant recelait en son corps un cœur plus tendre que l'on pensait ; à son regard, on voyait qu'il se consumait d'amour

pour cette femme que les épreuves avaient submergée. Ensemble, leurs regards se dirigèrent vers Hélicé. Lorsque la petite aperçut Aristarque, elle lâcha Aminias et ses satires théâtrales pour rejoindre la robe sale et déchirée de sa maman, et s'y agrippa, dans un ultime refuge affectif. L'enfant leva la tête vers la montagne de muscles. Et sans se départir de son allure fière et hautaine, elle lui adressa la parole :

– Pourquoi t'as plus de cheveux ? T'es malade ? demanda-t-elle d'un ton ingénu.

Aristarque s'esclaffa et s'accroupit au niveau de la fillette.

– Non ! Je me rase la tête depuis que j'ai perdu un défi.

– C'est quoi un défi ?
– Disons... C'est comme un jeu !
– Ah, oui ! Comme lorsque je joue à cache-cache avec Aminias et qu'il me retrouve.
– Oui, c'est un peu ça. Ixion ne va pas tarder à nous rejoindre, nous allons partir pour le site de laminage. Pendant ce temps-là, toi tu t'occupes de ta maman, d'accord ?
– Je voulais jouer à la mouche d'airain avec Aminias.
– Une autre fois ! répondit Aminias, tout en se rapprochant de l'enfant et du géant au cœur tendre.

Aristarque caressa le visage d'Hélicé et se redressa. Ses formes titanesques affrontaient la dépression atmosphérique. Il tourna sa tête massive vers le frêle visage de Pasiphaé, dont les cheveux flottaient au vent. Ils se regardèrent, les yeux dans les yeux ; un holocauste... Mille ou dix mille âmes en détresse et l'amour qui nageait dedans. Leurs regards s'envolaient vers des cieux plus cléments. Entre souffrance et paix du cœur l'amour dominait les pires atrocités, quel que soit le lieu, quel que soit le temps. Ixion s'engouffra dans leurs chimères évasions. La brèche suffit à les redescendre de leurs nuages d'espoir et d'avenir prometteur :

– Si nous ne voulons pas être le socle de leurs sabots, il serait souhaitable de nous mettre en route, signala Ixion.

Ils partirent et laissèrent la femme et l'enfant sur le seuil de la bâtisse en adobe. Derrière leurs pas, le vent soulevait une fine poussière jaunâtre. Les tourbillons emportaient des pensées de colère et de rébellion. Le chant funèbre d'une hécatombe pouvait bien sillonner les creux et les bosses de Kentauros, des sacrifices ? Il avait toujours fallu s'y soumettre, afin que le mot "liberté" résonne sur le cou des brebis parcourant les prairies des Hellènes !

La navette Anteia repartait sur Déméter et transportait dans son ventre les feuilles des laminoirs. Elle décolla, entourée par des embruns de silicate ocre et fauve. Puis le vaisseau ne fut plus qu'une simple écharde, lovée sur la toile ambrée du ciel, avant de disparaître de la vision des damnés.

Le marin baissa la tête et rejoignit l'horizontalité des éléments. À ses côtés, Aristarque posa sa grosse main sur l'épaule de sa bien-aimée, et Aminias protégea la petite Hélicé des rafales de vent. Le groupe observa le vide, le manque, l'image rémanente du vaisseau Anteia envoûtant le tarmac de Kentauros…

– Avez-vous entendu les propos de l'aurige au capitaine Eurynomos ? signala Aristarque.

– Oui ! clama Ixion. Les colonies sont en danger. Les planètes Aéolus et Agamemnon sont dorénavant aux mains des Perses. Le feu sacré qui réchauffait ces comptoirs est passé de vie à trépas.

– L'assemblée des Hellènes ne va pas se laisser soumettre sans intervenir ! répliqua agressivement Aminias. Les stratèges des Grandes Maisons vont devoir s'associer et lancer un assaut contre cette vermine barbare.

Aristarque inclina la tête vers son jeune ami et répliqua :

– Ton animosité envers le peuple perse t'aveugle ! La coalition hellénique est suffoquée à cause d'une politique intérieure instable où l'autocratie de quelques bureaucrates gangrène la machine démocratique. Plaît au Seigneur Zeus de reprendre le flambeau du trône, putréfié par quelques oligarques imbus de pouvoir. Un roi n'est-il pas plus avantageux que cette futile coalition hellénique ?

– La République est une dame fragile, Aristarque ! s'exclama Ixion. Elle implique des lois où "égalité, pouvoir et devoir" nécessitent un contingent de mesures légales, et cela pour l'intégralité du peuple. Solon[47] fut le précurseur en la matière, celui en qui nous devons tant de liberté. Hélas ! Assumer un rôle où partage et équité entrent dans le jeu politique s'avère extrêmement difficile. D'un côté la soif despotique de quelques sénateurs avides de pouvoir, et de l'autre un peuple en mal de reconnaissance. Pauvreté et richesse ! L'un ne va pas sans l'autre et bien souvent le premier est souvent le dernier servi. Malgré des mesures comme l'ostracisme, permettant d'écarter la tyrannie, "l'Attica Respublica" reste vulnérable, et passe d'un plateau de la balance à l'autre. Soyons donc indulgents envers la République.

Sueurs et larmes ; le feu des hauts-fourneaux affirmait sa soif, sa faim. Les brûleurs exigeaient leur tribut de pitance, qui permettait de porter le minerai à très haute température. Les deux hommes côtoyaient la chaudière ; le dragon réclamait son dû, et les deux tâcherons lui fournissaient sa provision de charbon. Aminias et Ixion enfournaient dans la gueule de l'hydre sa nourriture carbonifère. Écartés des brûlantes radiations, les gardes centaures enclavaient l'excavation sidérurgique comme un chapelet de cerbères en quête de châtiments expéditifs. Ils savouraient cette démonstration de force sur la gent humaine, et tout comme le carburant du foyer, l'être humain devenait l'élément moteur de l'antipathie qu'ils portaient envers cette race... imparfaite. Nombre d'esclaves provenaient des thiases, et les autres des orgéons. Les centaures riaient de voir en un même enclos des nobles et des petites gens se mêler, fusionner leurs sueurs en une seule composante de souffrance humaine. L'immense soufflet, alimenté en énergie par la grâce de poulies et de courroies, expirait son oxygène dans les buses à combustion, et à chaque bouffée d'air chaud le charbon se consumait, prenait vie sous les ondulations des vapeurs brûlantes contenues au cœur de la fournaise. Les pièces mécaniques étaient mises à rude épreuve, et souvent changées par des esclaves, dont peu d'hommes officiaient en permanence sur le même labeur, car la mort les fauchait si fréquemment qu'il fallait renouveler l'apport en main-d'œuvre. Les gestes sans cesse répétés, ces machines humaines semblaient soumises à la tyrannie d'un Hadès assoiffé de cruauté. Chaque jour, des corps s'affalaient et offraient une fructueuse récolte d'âmes au collecteur Hermès. La divinité remettait son dû au seigneur des Enfers : Hadès le Ténébreux !

Après plusieurs pelletées, les deux amis se reposèrent, le regard plongé sur les méandres du sol bétonné. Le jeune homme ébrécha cette pesante aphasie :

– Je compte m'évader ! Mais cela suppose un brin de perspicacité, et beaucoup de veine, dit-il de but en blanc.

– Si tu penses que je vais te suivre dans un de tes trucs utopiques, tu te trompes !

– Non ! Ce n'est pas ce que tu crois ! J'ai noté le flux des atterrissages des navettes arrivant de Déméter : il semble suivre un cycle bien spécifique, lui souligne-t-il.

– Tout dépend des besoins du moment. Les matières premières, comme les denrées périssables, sont calculées en proportion du nombre de résidents peuplant Kentauros et à la distance spatiale existant entre Déméter et Kentauros : leur aphélie ou leur périhélie influencent les fenêtres de décollage.

– N'as-tu pas remarqué que les atterrissages suivaient

le cycle de notre satellite Hellên ?

— Aminias ! Tu as trop feuilleté de romans d'anticipations !

— Pense à la navette qui vient de décoller, il y a seulement quelques heures ! Nous sommes le trois de la première décade du mois de Gamélion, et en ce moment Hellên se situe à mi-parcours de son cycle synodique[48], c'est-à-dire qu'elle est en phase de pleine lune !

— Et alors ?

— Et alors la prochaine navette abordera le tarmac de Kentauros dans sept ou huit jours, au moment du dernier quartier lunaire.

— Je n'y vois aucun lien de circonstance, si ce n'est peut-être pour des raisons d'économie de carburant. Et d'ailleurs, comment fais-tu pour calculer et connaître le cycle d'Hellên par cœur ? Situé à cent mille stades de nos pauvres carcasses.

— Je suis passionné par l'astronomie, les éphémérides n'ont donc plus de secrets pour moi. Les phases de la lune Hellên sont gravées, là, dans ma tête, dit-il en pointant un doigt squelettique sur son front. Quant à l'analogie entre les quartiers lunaires et les transits de navettes, elle est, pour l'instant, inconnue de ma personne.

— Quel est donc ce plan si juteux ?

— Tu connais le principe de ce tour de passe-passe que les illusionnistes usent dans les foires. Ils nous font croire que la balle se situe dans un gobelet, alors qu'elle est dans l'autre ?

— Oui, bien sûr ! répliqua Ixion, en s'énervant quelque peu.

— Les centaures émanent une certaine naïveté, qu'il serait bon de mettre à profit…

– Abrège Aminias ! J'en vois un du coin de l'œil là-bas, qui n'a pas l'air si naïf que tu le penses. Reprenons notre ouvrage et profites-en pour m'expliquer rapidement ce tour de passe-passe.

Ils arrachèrent quelques pelletées de coke et les envoyèrent résider dans le foyer incandescent.

– D'ici quelques jours, la navette Anteia se posera à même le tarmac de Kentauros, et à ce moment-là, le vaisseau Timécraté sera lui aussi de la partie : une navette pour Déméter et une autre pour le site de Zeus Casius. Il faudrait leur faire prendre des vessies pour des lanternes. En d'autres termes, il suffirait de leur faire croire que nous sommes en partance pour Déméter, alors que nous serons dissimulés dans le transporteur de minerai, en transit pour la prison Zeus Casius.

– Le fou ! Tu nous envoies directement dans la gueule du dragon.

– Bien sûr ! Le dragon cherche sa pitance là où il s'attend qu'elle soit, alors que son museau ne flaire même pas la chair qui gît au cœur de son antre.

Tout en poursuivant son fastidieux travail d'approvisionnement en combustible, Ixion restait fasciné par l'incroyable naïveté inventive de son jeune ami. Qu'avaient-ils à perdre ! Mais ici, la vie était si fragile, si éphémère. Un enfer valait-il mieux qu'un autre ? La chaudière du haut-fourneau dévorait sa pitance houillère, et son incandescente exhalaison insufflait dans ses entrailles une puissance de vie en conformité du rythme de sa consommation. Ses râles invectivaient les forcenés à s'investir laborieusement sur leurs besognes. Ixion introduisit dans la gueule de ce monstre calorifère une énième pelletée de coke. Ses pensées s'envolaient si loin : sur les côtes de Xartès, sur le visage de Thanos qui renvoyait des rires et d'amicaux conflits… Il se sentit vieilli, fragilisé, si proche de ses ancêtres. "*Seigneur Zeus, un pied déjà sous terre !*" Sa maturité l'avait rattrapé, et avec elle l'espoir évanescent de fonder un foyer.

Il fut coupé de ses rêveries par de cinglants hurlements de colère et d'invectives cinglantes : un mutin faisait face à deux centaures. Les gardes sortirent leurs fouets et s'en prirent au malheureux. Le rebelle céda sous leurs assauts. Un garde lui infligea des coups de sabots puis l'agrippa par le col de sa tunique et le traîna sur plusieurs coudées, avant de le jeter près du carrousel où l'éternelle circonvolution avait lieu. De ses pattes postérieures, le gardien expédia le corps du protestataire sur l'espace de révolution des prisonniers.

"Va croupir sous les pas de tes frères et implore ton seigneur Zeus, afin qu'il t'arrache de ton Hadès !"

Les humains accomplissaient leur lente giration autour du carrousel ; écrasé par les affligés, le corps du damné remit son âme à Charon, le nocher des enfers.

Chroniques de Déméter :
"Que d'incompétences... et un beau gâchis pour la science !" s'exclama Antigone, en parlant de l'ancien monarque Acrisios, roi de Sparte et d'Argos. "Notre seigneur Acrisios s'était mis en tête d'élever des ludions, au sein d'une sorte de vivarium... Une cuve dédiée à l'étude expérimentale des médusozoaires. Il avait même réussi à produire des nuées... Le fou ! Il a précipité la dégénérescence d'une colonie valant plusieurs milliers de talents d'or. Les ludions ne sont absolument pas destinés à être enfermés dans un étherium. Aucun homme ne pourra s'enorgueillir d'acclimater ce noble animal, car il n'est absolument pas domesticable... Le souverain croyait découvrir le secret des ludions, notre étude est à l'opposé de ses recherches, aux antipodes du simple amateur d'éthologie ; nos travaux font appel à la science de l'oikos et du Logos..."

Paroles du seigneur Antigone de Béotie, naturaliste et géologue du Collège des Sciences, sur le planétoïde Tau-Thétis, le quatre de la deuxième décade du mois de Boédromion, durant la 1619ᵉ olympiade.

15

LES FLEURS D'ASPHODÈLES

Lorsque le centaure Arctos s'introduisit dans la tente du capitaine Eurynomos, il fut à demi surpris par l'image bacchanale qui se dévoila devant lui : une jeune femme était allongée sur une fourrure, étendue à même le sol. Lorsque la prostituée aperçut le soldat, elle releva partiellement le manteau jeté à la va-vite sur la couche, afin de mettre à jour

une partie de ses jambes laiteuses. Un sein gonflé de désirs débordait de la pièce d'étoffe, comme une invitation à participer aux ébats.
Elle gloussa en découvrant l'émoi du garde.
– Ah ! Ah ! Dis-moi Arctos, tu as toujours peur des femmes ?
La prostituée souleva une jambe et laissa paraître son membre élancé hors de la pelisse, pendant que le capitaine Eurynomos, allongé près d'elle, caressait l'autre sein, indécelable sous la fourrure de la libertine.
– J'espère que tu as de bonne raison d'interrompre ma vie privée ! grogna le capitaine.
– Seigneur ! Une rébellion s'est déclarée dans l'enceinte du carrousel, dit-il d'une voix coupée par un souffle rauque.
– Qu'attendez-vous pour la mater ? Dois-je toujours être présent dès qu'un bipède se met en tête de nous provoquer ?
– Seigneur ! C'est la moitié de la colonie qui se révolte, en ce moment.
– Je n'ai à faire qu'à des incompétents, dit-il, dépité. Utilisez le stimulus, le flagellum, et s'il le faut les arcs à rayons !
– Peut-être ont-ils peur de se battre, coupa la rousse provocante. Elle releva une seconde fois sa jambe à l'attention du soldat. Au niveau de la cheville, des anneaux s'entrechoquaient ; un appel érotique sournois au mâle qui gisait en lui.
– Prenez les mesures adéquates… J'arrive !
Le garde se retira des appartements de son supérieur ; pendant ce temps-là, le capitaine releva son imposant corps chevalin. Le guerrier brûlait de désir pour cette jeune femelle

humaine. L'ardente rousse rejeta son manteau, partit s'engouffrer sous la croupe du centaure et accéda à son impressionnant membre viril.

***

Une femme se retrouva empalée par une sarisse[49], la gorge tranchée par la lame et les yeux remplis d'effroi. Le carrousel s'était arrêté, et avec lui l'ensemble du site d'exploitation. Les gardiens utilisaient toutes sortes d'armes : les uns tiraient des flèches à rayons, les autres utilisaient le fouet, la massue ou la lance. Les rebelles s'étaient regroupés en une masse compacte aux abords des bandes transporteuses, et lançaient des pièces en métal sur le peloton de gardes. En fond de scène, de jeunes femmes protégeaient les enfants. Ixion, Aminias et Aristarque s'armaient de divers outils susceptibles de servir d'instruments de combat ; le géant portait à bout de bras une barre à mine et la faisait tournoyer devant les pattes des centaures. Aminias utilisait un lance-pierre de sa conception, et son adresse en blessait plus d'un. Ixion avait récupéré un arc à rayon provenant d'un garde gisant sur le sol. Sur le carrousel, des corps s'affalaient à même les barres de traction.

À l'extérieur, la navette Timécraté reposait son imposante structure métallique sur le tarmac de Kentauros. Aux alentours du vaisseau Anteia, une horde de révoltés prenaient d'assaut son ventre bombé. Une ceinture de vigiles centaures défendait l'accès au navire stellaire. Des bâtons-foudre faisaient refluer les assaillants vers les hangars de maintenance. Quelques hommes s'effondraient à même l'entrée des ateliers. Manifestement, il n'y avait aucune planification d'attaque venant des belligérants helléniques. Pourtant, quelques jours auparavant, une réunion occulte avait permis d'établir un plan d'assaut, afin d'investir le site sidérurgique. D'anciens hoplites avaient apporté leurs contributions tactiques, et chacun avait un rôle à tenir ; mais manifestement le désordre régnait et plus personne n'arrivait à maintenir un semblant d'ordre au sein de cette escouade sauvage. Les trois acolytes longèrent les hangars. Le trio se réfugia à l'arrière des containers qui peuplaient les abords des bâtiments. Un peloton de guerriers centaures cuirassait la navette Timécraté. À leurs sabots, des molosses aux mâchoires impressionnantes n'attendaient qu'un ordre de leurs maîtres pour prouver aux rebelles la puissance de leurs morsures. À une cinquantaine de coudées de là, l'horreur régnait : les gardes avaient repris le dessus, et ordre était donné par le capitaine Eurynomos de ne laisser aucun survivant. Qu'importe la perte de quelques détenus, l'état hellénique détenait suffisamment de mains-d'œuvre faciles lorsque bon nombre d'opposants au régime montraient trop facilement leurs crocs. Et le Sénat fermait les yeux sur le funeste sort de quelques éléments perturbateurs au régime ; ces derniers temps, les procédures de sentences pleuvaient à la chambre de l'Héliée. L'apophase, lue par le héraut du tribunal populaire, devenait monnaie courante. Il ne se passait pas une semaine sans que le fonctionnaire formulât la sentence de bannissement de citoyenneté hellénique. Afin de mater les réactionnaires, le Sénat les envoyait sur Kentauros.

Aristarque ruminait d'impatience :

– Qu'attendons-nous pour attaquer et prendre d'assaut la navette ?

– Sois patient, Aristarque ! lui conseilla Ixion. Vue

l'importance du détachement centaure, le rapport de force n'est pas à notre avantage, l'espace qui nous sépare de la garde est
bien trop dégagé pour envisager une quelconque attaque. Seule la ruse nous permettra de pénétrer dans le ventre du vaisseau.

Déjà la mutinerie allait à son terme. Un chien s'acharnait sur une dépouille pendant que son maître raillait avec son second du nouveau jeu de son cerbère. Escorté de quelques lieutenants, le capitaine Eurynomos déboula au pied de la navette Anteia. Accompagné d'une rage non contenue, il gifla le maître du molosse.

– Ordonne à ton chien de lâcher la dépouille, ou les miens s'occuperont de ta carcasse ! Je veux maintenant que vous preniez en charge l'assainissement du site d'atterrissage. Prenez avec vous quelques esclaves et retirez tous ces cadavres. Mettez-les dans un charnier avec du soufre par-dessus, et surtout faites en sorte que l'exploitation redémarre au plus vite ! Nous sommes en retard sur la production et j'ai des comptes à rendre à mes supérieurs…

Un garde déboula au galop.

– Capitaine ! Il manque des prisonniers sur le registre, des humains ont fui le site. D'après mes sources, une dizaine de détenus aurait pris la direction des colonnes d'Hercules.

– Oureios ! Prenez avec vous l'équipe qui stationne en ce moment au pied de la navette Timécraté, et ramenez-moi la tête de chaque individu, on les jettera ensuite à la base du pieu du carrousel en guise d'avertissement…

Ixion et Aminias se retrouvèrent enclavés par le matériel sidérurgique qui peuplait l'intérieur du Timécraté. Il avait beau faire, le marin ne parvenait pas à convaincre Aristarque de venir les rejoindre. Le géant préférait rester avec Pasiphaé et la petite Hélicé dans les bas-fonds des enfers.

– Mon devoir est d'assister ceux qui ont été bannis de la société, répétait-il sans cesse.

– Il y a assez de place pour deux ou trois personnes de plus, signala le marin. Et le combat que l'on mène ici ne peut s'accomplir dans de bonnes conditions. Sur Déméter, nombre de personnalités de l'Écclésia, de la Boulé et de l'Aréopage seront à nos côtés.

Malgré ses nombreuses exhortations, Ixion savait que son ami resterait sur sa position. Un bruit de réacteurs fusa dans les aigus et une fine poussière collante peupla l'aire de décollage. Après quelques gouttes de clepsydre, la navette Timécraté disparut de la vue des séquestrés. Le vaisseau partit à la rencontre de l'astéroïde Zeus Casius. Au sol, Aristarque entoura la délicate épaule de Pasiphaé, et Hélicé se protégeait des particules métallifères, la tête enfouie sous la tunique de sa mère.

Sur Zeus Casius :

Callistratos semblait bien petit face à son supérieur, et pourtant ce dernier était installé derrière son bureau et inspectait pour la énième fois le compte rendu de l'intendant sur les exigences en consommable du site carcéral.

"Cela fait déjà six décades que j'attends une pièce pour l'hécatonchire Delta. Le véhicule est dans un tel état, que je me demande si un jour on pourra le remettre en fonction", rumina le directeur.

En face, le trésorier cachait péniblement son mal-être, sachant qu'il endurait fréquemment les crises de colère de son supérieur, même si cette fois-ci Callistratos n'y était pour rien dans cette sombre histoire de transfert des consommables.

– Les réserves de lubrifiant sont à un niveau critique et nous sommes en rupture de stock pour les broches des trépans…

– Oui ! Oui ! Je sais lire ! coupa son supérieur. La Compagnie freine mes réclamations et l'État a ouvert depuis peu une contribution pour "frais de guerre".

– L'Eisphora… C'est le peuple qui doit être content.

– Là n'est pas la question, nous avons bien d'autres soucis en tête ! Autrement dit, on devra faire avec, en attendant le matériel demandé à grand renfort de plis et de scellés. Heureusement que ma retraite avance à grand pas, évoluer dans de telles conditions est inadmissible, rajouta-t-il d'une voix dépitée.

Le vieil adjoint du magistrat Trygée pénétra dans le cabinet de travail, recroquevillé comme un vieux manteau, usé par le temps et les nombreuses sommations administratives.

– Seigneur ! Le seigneur Philonymos voudrait un entretien d'urgence.

– J'espère qu'il a de bonnes raisons pour venir stopper mon inventaire. Faites-le entrer, Athanase !

Le contremaître en télémécanique et robotique s'engagea dans la pièce, et négligea les
us et coutumes hiérarchiques. Philonymos bouscula le seigneur Callistratos et l'obligea à céder sa place.

– Le Timécraté vient d'apponter… Seigneur ! Un orifice des silos est dans un tel état, que je me demande comment nous allons pouvoir le réparer. Les centaures ont malmené la trappe, et sur le plancher il y a bien dix médimnes[50] de nickel qui s'y agglutinent. De plus, la pièce…

– Merci Philonymos, et calmez-vous, nous allons régler ce problème au plus vite. J'avertirai mes supérieurs de cet état de fait, nous avons peu de poids face à l'administration. Les centaures enlèvent une épine de la main des représentants de la Boulé. L'expatriation facilite la main-d'œuvre et en contrepartie favorise des entrées fiscales. Un jour ou l'autre, nous finirons bien par nous passer des services de cette race maudite. En attendant, faites ce que vous pouvez pour la réparation…

Dans le débarras l'eau dégoulinait sur le sol. Cléarque essayait de maîtriser tant bien que mal l'enroulement d'un foulard humide autour du cou d'Ixion. Finalement, il accrocha l'épingle de sûreté, afin de maintenir le tissu sous le col de la tunique du jeune fugitif.

– Cela permettra de paralyser temporairement le dispositif électronique de reconnaissance, qu'ils t'ont inséré sous ta peau. Ainsi, les flux de données ne parviendront pas à leur destinataire. Je connais un certain Polyaenos qui se fera une joie de te retirer la puce. En attendant, n'oublie pas d'humidifier régulièrement la bande, sous peine de te faire attraper par le corps d'archers Scythes.

– Avec ce bandeau, on va être vu à des stades à la ronde, émit avec fatalisme Aminias.

– Nous n'avons aucun intérêt à nous balader à la vue de tous, répliqua Ixion. Nous allons nous mettre à l'ombre, le temps d'un transit pour le prochain décollage de la navette.

Eurystias finissait d'agrafer la bande du jeune Aminias, sa verve tragédienne toujours à ses côtés :

"Le sot n'est-il pas celui qui stigmate les peurs des autres ? Œuvres qu'il porte en lui, en tout état d'ignorance."

Ils s'assirent autour de la petite table, dans l'enceinte froide du débarras.

– On vous a leurrés ! s'exclama Cléarque. La glaneuse n'est pas tombée en panne par hasard, mais seulement parce que des individus ont prémédité leur coup en vous faisant porter le poids de votre classe sociale.

– Comment l'avez-vous su ? Et quelle est la raison de ce complot des Eupatrides ? demanda le marin.

La minuscule ampoule illuminait fébrilement les complices. Cléarque se massa le visage, dont les veinules bleues et rouges s'y diffusaient en une composante fractale désordonnée. Les images du passé, issu de combats contre des oligarques corrompus, réveillaient les mémoires : un prêtre avait bien essayé de renvoyer les notables à leurs responsabilités, mais les riches avaient la mainmise sur le Sénat. L'hégémonie avait écarté le religieux de l'arène politique et
le renvoyait, ipso facto, vers ses ouailles affligées.

– C'est un "méca" du service d'entretien qui nous l'a signalé. Ils ont retiré, et cela sur ordre, une pièce importante de notre véhicule d'extraction. Ils ont dû signer leur assentiment sur un pli, contre leur silence… Ils n'avaient pas d'autres choix.

Un chant, celui d'une polyphonie, dominait cette tribune tragédienne qui gisait au cœur de l'aérolithe-prison. Strophes et antistrophes parcouraient le mental des détenus. Cymbales et tambours bâtaient la mesure, tel un flûtiste cadençant un navire de combat. Cette symphonie était dirigée de main de maître par quelques puissants oligarques, invisibles aux yeux du simple mortel.

– Peut-être devrions-nous rendre une petite visite à ses autocrates dominant cette scène théâtrale, émit Aminias.

– Non. Ne perdons pas le bénéfice de notre couvert. Nous avons la chance d'être passé au travers des mailles de Kentauros, il serait fou de nous retrouver bloqués ici par simple esprit de vengeance. Mais… peut-être qu'avant de fuir ce Tartare la déesse Thémis pourrait nous prêter main-forte et sonner le glas de l'injustice…

Impossible, Ixion attendait que l'effet de l'anesthésiant assoupisse les nerfs de son cou, pendant que Polyaenos déposait la lame rougeoyante sur le feu du brasero. Le praticien du moment semblait descendre d'un faune ou d'un quelconque Pan des bois. Eurystias était à ses côtés, et Cléarque s'était absenté pour la matinée : des servitudes l'attendaient. Le poilu souleva la lame incandescente, la porta à la nuque du fugitif puis l'incisa sur quelques centimètres.

– Surtout ne bouge pas, il serait malheureux que j'atteigne l'artère durant cette opération délicate, fit-il remarquer à son patient.

Polyaenos enfonça la pointe de la dague, et après avoir effectué une habile rotation du poignet, retira le nævus ensanglanté. L'homme retourna la lame et appuya sa paume sur le plat du coutelas : le minuscule transmetteur se pulvérisa en fines particules siliceuses. Aminias n'était pas en joie à devoir offrir son anatomie à cet inconnu aux yeux globuleux. Le jeune homme riait et plaisantait sur le rôle que tenait sur le moment Ixion, mais sa joie cachait un trouble bien plus imposant. Lorsque ce fut son tour, il rejoignit les sphères de Morphée, le dieu du sommeil. Le praticien du moment avait le champ libre, afin d'effectuer paisiblement l'ablation de l'indésirable nodule…

Le Tymécraté s'arracha enfin du ventre de Kentauros.

La navette abandonna les belligérants, dont ils avaient à cœur d'accaparer le centre pénitencier de l'aérolithe Zeus Casius. L'anarchie régnait : les prisonniers prirent d'assaut quelques points stratégiques, comme l'intendance et l'armement. Les gardes scythes mettaient à profit leur fibre guerrière. Les morts s'amoncelaient de part et d'autre du site d'extraction minier. Le service de gendarmerie renforça son action, et ne laissa aucune chance aux réfractaires. Quelques forcenés détenaient des otages, dont le directeur Callistratos.

Lorsque le transporteur Timécraté alluma ses moteurs ioniques afin de passer en vitesse supraluminique, il croisa le vaisseau des émissaires du Sénat, escorté par un navire de combat du corps d'élite des Argyraspides. L'aurige du Timécraté le savait pertinemment : lorsqu'un détachement des Argyraspides prenait position au cœur d'un site pénitencier, le corps expéditionnaire offrait ses mânes de proscrits au passeur des enfers Charon ; les morts allaient s'entasser dans le bagne de Zeus Casius.

Cloîtrés dans une des cavités du vaisseau transporteur, Ixion et Aminias attendaient patiemment le retour vers leur Mère-Patrie. Le marin sourit à la pensée du chapelet de distributeurs des fluides défectueux décorant la table du seigneur Trygée ; allégorie d'une victoire de la classe sociale la plus basse des Hellènes sur la classe la plus haute. Les hécatonchires n'étaient pas près de redémarrer !

Ixion tourna lentement la tête : Aminias s'était éclipsé vers les mondes fantasmagoriques du majestueux Morphée. Puis le marin s'endormit et s'immergea au sein des songes. Le chant de la divine Sappho s'éleva vers l'éther. Ses poésies, en l'honneur de la déesse

Artémis Hymnia, se répercutaient dans l'enceinte de l'Odéon. Sur la scène, les choreutes participaient aux poèmes de la Grande Dame, et entouraient leur prose d'une magique envolée polyphonique. De ses doigts fins et déliés, une citharistre œuvrait sur sa lyre. Sappho offrait ce
Péan aux divines Charites Aglaia, Halia et Euphrosyne[51].

Un éclair perturba l'espace ambiant du système astéroïde de Daedalus : le vaisseau Timécraté venait de franchir la fenêtre de l'espace-temps !

Retour sur Kentauros :

Une fine zébrure bleutée déchira le ciel de Kentauros. Un orage sec rappelait aux centaures et aux humains la puissance de mère-Nature. Le paysage présentait des tonalités safran et pourpre ; le vent du Nord ramenait les poussières des plaines désertiques. Un gecko se coula dans la mer de sable, puis réapparut, à de la vue d'un milan, posté à quelques battements d'ailes sur d'une dalle granitique. Le lézard laissa paraître de la coulée de sable, la pointe écarlate de son rostre.

Sur la toile brûlante de la voûte céleste, l'étoile Phébus se drapait d'un tulle poussiéreux et fixait de son œil austère une nef de combat perse, posée sur le tarmac. Le gros insecte métallique portait dans son antre le feu des enfers. Au pied du vaisseau de combat, un corps d'archers scythes stationnait et en protégeait la nef. À l'entrée des appartements du capitaine Eurynomos, le commandant des forces perses parlementait avec le centaure : un consensus diplomatique semblait en bonne voie !

Derrière un tumulus, des effluves empestaient l'atmosphère : une fosse béante révélait un charnier. Au fond de la fosse, les corps d'Aristarque et de Pasiphaé se joignaient en une union macabre. La petite Hélicé recouvrait leurs jambes. L'enfant servait de linceul à l'infortuné couple.

Qu'importe ! L'armée perse pourvoira bientôt à une main-d'œuvre facile : la guerre était à nouveau déclarée !

Sur Déméter, l'effigie de la mère des Hellènes, Athéna, gisait sur le sol défoncé du Sénat. Sa face austère fixait la coupole délabrée de l'amphithéâtre. L'hémicycle était encore en feu lorsque les auriges des nefs d'assauts perses pénétrèrent dans l'enceinte des anciens archontes de la Boulé. Un guerrier se hissa sur le corps disloqué de la divine représentation des dix tribus de l'Attique. Le fantassin arborait l'étendard des Achéménides, pendant que l'autre, d'en bas, filmait la scène mémorable. Le socle anti-gravité avait cédé sous la pression des particules antimatières, lancées par l'escadrille perse. La déflagration envoya l'effigie de "la Dame casquée" sur le dallage du Sénat. Les cadavres des anciens sénateurs s'éparpillaient autour de l'hémicycle. Des corps étaient bloqués sous le buste de la déité et d'autres s'étalaient sur les bancs de la Chambre des députés. À l'entrée de l'Assemblée de la colline d'Arès, des cris de remontrances annonçaient la venue du commandant du bataillon cataphracti. L'officier perse pénétra dans l'enceinte de l'Aréopage, revêtu de sa tenue de combat confectionnée à partir de matériaux de synthèse. Le blindage de l'officier incorporait des fonctions offensives et défensives : telle que l'assimilation des données environnementales. Le militaire pouvait se fondre incognito au sein de l'espace tridimensionnel. Les soldats étaient en liesse devant cette éclatante victoire. Le commandant se mit hors de lui :

– Descends de ton trône d'infortune ! Ou j'aurai le malheur d'implorer Indra, afin qu'elle me pardonne de t'avoir décapité sur-le-champ !

Le guerrier fit pâle figure devant la semonce de son supérieur, et dévala de son piédestal.

Comme un succédané à l'injonction du gradé perse, le tonnerre gronda.

– Sortez rejoindre le bataillon ! Nous ne sommes pas encore sortis d'affaire, admit-il.
Nous attendons de pied ferme la venue d'une cohorte de l'Alliance hellénique.

Empli d'une autosuffisance et d'une arrogance d'élite militaire, le commandant, caparaçonné de pied en cap dans son blindage, contempla la scène du palais des anciens sénateurs. Puis tourna le dos à la représentation de la déité, jonchant l'hémicycle de la colline d'Arès. Un fin rictus émergea de ses lèvres, confortant en son for intérieur un sentiment d'autosatisfaction.

À grands pas, il ressortit par les immenses portes de l'Aréopage, dont le fronton – gravé des heures les plus glorieuses de l'histoire hellénique – faisait face à l'Agora, dévastée par l'armée des Achéménides.

L'orage éclata, puis déversa ses pleurs à travers des lézardes de la coupole. Un rideau de pluie s'y invita, et lessiva le visage de la mère des Hellènes, tout à son aphasie devant le malheur de ses enfants.

Sur un faubourg de la ville, deux soldats mèdes[52] s'en prenaient à un homme, dont la tenue vestimentaire extravagante énervait les fantassins médo-perses. L'homme efféminé passait violemment d'une paire de bras à l'autre. Les guerriers parlaient entre eux, dans un dialecte que l'autochtone ne comprenait pas, mais dont il prenait à cœur la gravité de la situation :

– Regarde comme il est accoutré, Ahmed ! On dirait une putain athénienne mal fagotée.

Les deux soldats rirent de bon cœur. L'Athénien devait bien avoir la trentaine, et portait un vêtement un peu léger pour la saison, mais l'image qu'il renvoyait de sa personne en disait long sur ses fréquentations.

L'autre combattant répliqua à l'assertion de son compagnon :

– Par Ahura Mazda, même ma grand-mère ne s'habillerait pas comme ça !

– Je crois qu'il porte un epicrocum. Parait que c'est comme ça qu'on repère les pédérastes.

Le guerrier attrapa l'opprimé par le col de la robe et l'envoya "ad patres" sur les pavés du quartier bourgeois. Le combattant sortit son arme à feu et tira à plusieurs reprises sur le malheureux, et cela sans aucun complexe. L'homosexuel s'affala sur la chaussée, la robe de couleur safran tachée par les épanchements de sang.

Le premier intervenant renouvela sa question à son camarade de combat :

– Epicro... quoi déjà ?

– Epicrocum, mon ami Omeed !

– Ah ! Oui ! Epicrocum… Epicrocum !

Sur ce terrible fait, les deux fantassins abandonnèrent la dépouille à même l'endroit.

***

Le petit peuple s'était retrouvé sur l'Acropole et implorait la divine grâce Déméter, afin que les barbares puissent les épargner. Le mont sacré se découvrait sous un jour déplorable, laissant distinguer les temples et les représentations des divinités dévastés par les attaques barbares. Le temple de l'Érechthéion et celui du Parthénon avaient souffert des bombardements, abandonnant aux affres du vent et de la pluie des pans entiers de leurs édifices. Le buste de la déesse Hécate tenait encore debout, malgré l'affaissement de son piédestal ; il y avait sûrement des auspices pour les effigies des Hadès !

Au-dessus de la cité en flamme, les chasseurs perses cataphracti sillonnaient les faubourgs, patrouillant de long en large à la recherche de quelques réfractaires armés ; leurs balises rouges et jaunes soulignaient l'importance des destriers stellaires. Il faisait sombre, et Phébus se cloîtrait derrière son manteau nuageux. Autour de l'oratoire, dédié à la déesse Déméter, un attroupement de brebis égarées priait la divine patronne de la planète. Il pleuvait sans cesse, mais cela n'empêchait nullement les fidèles de se prosterner devant la chapelle de la belle dame. Les croyants pratiquaient "l'Adoratio" d'une assiduité déconcertante. Les pleurs se mêlaient aux larmes des nuées, et les vœux et prières suivaient les coups de semonces du tonnerre : Zeus Pater était en colère ! Chacun faisait la queue, afin de baiser la main droite de la déité, dont son regard figé *semblait* l'éloigner de ses fidèles.

– Que va-t-on faire d'eux ? émit un sous-officier perse à son supérieur.

– D'après toi ? répondit l'autre gradé.

À peine avait-il fini de répondre, qu'une grande détonation se répercuta au-dessus de la cité. Les gens levèrent les yeux et observèrent le vaisseau de combat ennemi en fort mauvaise posture. La nef partit en vrille et finit sa course folle aux abords des portes Sud de la cité ; une formidable boule de feu acheva ce spectacle. Un éphèbe, d'une chevelure

d'un blond de blé, mit fin à l'aphasie de la glèbe :
– Regardez ! C'est l'escadrille de la Bœthia !... Elle est venue nous libérer !

Effectivement : un combat aérien d'une grande envergure s'engagea au sein de l'éther ; une centaine de nefs de combats recouvrit peu à peu le ciel de la Nouvelle-Athènes. L'Alliance s'était réveillée et décida de mettre un terme à l'hégémonie barbare. Le peuple se trouvait en liesse, et criait sa joie au-dessus de l'Acropole, remerciant la patronne Déméter de ses largesses.

Sous l'effet de cette surexcitation émotionnelle, le groupe de prisonniers décida de charger la chaîne militaire perse. Cette folie rédemptrice accéléra leur destin : le petit peuple, ceinturé par les guerriers du seigneur de la Nouvelle Anshan - Xerxès -, fut décimé en quelques secondes. C'était une "Hekatombaia", pas celle d'une fête religieuse, mais seulement la soif d'un désir fou de vengeance contre le joug des envahisseurs.

Bien plus tard, le chant déchirant de la grande Sappho se répercutait sur les murs des temples de l'Acropole, laissant couler les larmes des esseulés sur les fleurs d'asphodèles.

Chroniques de Déméter :
"J'avais fait un rêve : la concrétisation du belvédère des étoiles – tout en causant, le maître Antigone de Béotie observait la parade nuptiale des ludions –, et ce moment tant attendu a enfin éclos, de Chaos est né l'œuf orphique... Mais nos travaux sont loin d'être terminés, et comme les Anciens, je tiens à vous affirmer que nous devons encore cheminer vers le Parfait, le Logos, le Protogonos, afin qu'Il nous ouvre son cœur..."

Paroles du seigneur Antigone de Béotie, naturaliste et géologue du Collège des Sciences, sur le planétoïde Tau-Thétis, le quatre de la deuxième décade du mois de Boédromion, durant la 1619ᵉ olympiade.

16

LA RÉSIDENCE D'HESTIA

Le silence régnait : la chapelle des anciens était demeurée intacte, malgré les bombardements des chasseurs cataphracti. Il n'en était pas de même de la demeure du père adoptif d'Ixion, ravagée par les obus, les traînées de faisceaux laser et les larcins de quelques voleurs. Le service de gendarmerie était secondé par l'armée, mais cela ne suffisait pas à effrayer les pillards et les gens d'armes n'avaient de cesse de poursuivre les malandrins. Le téménos[53] semblait retiré de toute cette agitation du tangible ; le terrain avait été labouré par des débris de toutes sortes, mais déjà les herbes folles reprenaient possession de la Terre-Mère, et la vieille Gaïa recouvrait le sol d'une chevelure émeraude. Au sein du temple familial, le buste d'Hestia - enclavée dans sa niche d'albâtre - veillait à la sérénité du lieu. Les offrandes de fleurs, offertes à la déesse du foyer, se courbaient lamentablement, meurtries par l'oubli des vivants. Un Hermès psycho pompe ployait sous des ex-voto, remerciant l'humble intercesseur des humains de ses services d'ambassade auprès des divinités.

Malgré la petitesse du sanctuaire, la voûte était finement décorée par un artiste local ; Hermès planait, entouré de nuées et des Charites rayonnantes dans leur vêtement diaphane. Ixion n'était pas un fervent croyant et n'avait jamais vraiment su parler aux divinités. Il esquissa une "*Adoratio*" disgracieuse et maladroite devant la dame du foyer. Puis le marin se tourna, afin de rendre hommage à ses parents adoptifs, imagés par un diptyque érigé sur un encorbellement, paré de frises d'acanthes et de moulures torsadées.

Les nuages s'amoncelèrent et recouvrirent l'œil de feu de Phébus. L'atmosphère changea et offrit une pénombre mystique à l'oratoire. Ixion s'approcha de la stèle où y étaient gravés les noms des anciens, leur âme demeurant à jamais aux Champs-Élysées. Un coffret à encens poussiéreux offrait son esthétique de bois vermoulu. L'odeur y était encore présente et la fragrance s'y dégageait, puissante, comme une présence occulte des divines "Horae" du temps passé : les triades des saisons qui passent et laissent leurs empreintes dans le cœur et l'esprit. Le marin se souvenait de temps de choses : des études élémentaires et supérieures, dont en leur temps, les éclats de colère entre le père adoptif et le fils créaient des tensions par trop de divergences d'idées. L'enfant refusait de s'investir dans une profession de notable. Mais Lysandre fut surtout la proie de sa fratrie, lorsqu'elle prit connaissance des racines sociales de l'enfant. Il fallut bien plus qu'une prière pour contrer les prises de position de quelques Eupatrides obstinés à rendre l'adopté aux services sociaux. En ce temps-là, il n'était pas de bon ton d'apporter de quelconques sentiments à une classe sociale au-dessous de la vôtre, même si un rejeton en était le cœur de la cause.

Il y eut ensuite ce désir d'ailleurs, cette fuite vers l'horizon ; la marine marchande devenait pour lui sa troisième maison, son "domus", dont les ailes déployées des voiles photoniques l'emportaient vers des cieux inconnus. Il rencontra tant d'âmes ! Et des femmes envoûtantes à la peau d'ébène et jaune ; des nymphes, des sirènes destinées à accaparer son cœur et son corps. Fuites aux confins du monde, cherchant l'aventure et l'or. Usant ses pas, usant sa bourse emplie de drachmes et de statères d'argent et d'or, dans une course effrénée vers les plaisirs de la chair. Tant de repas – de symposions – où la luxure et l'orgie incarnaient une échappatoire à l'amour d'un père adoptif trop sévère par crainte de le perdre.

L'orage le surprit, et gronda au-dessus des terres humides de la Nouvelle Attique. Au-dessus de l'aire sacrée, la pluie n'attendit pas l'invitation du marin pour déployer sa puissance. La fraîcheur le saisit : un étau d'humidité enserra son corps d'un drapé d'himation glacial. Héra, la dame du seigneur Talos, lui revint à l'esprit. Ixion se sentit gêné par cette brusque émergence sentimentale ; prude inconfort psychique au sein de l'édicule. Il aurait aimé sonder son cœur, afin d'y déceler la vérité.

Après avoir caressé la stèle mortuaire, il sortit sous la trombe d'eau et se dirigea vers le bassin, à l'autre bout de la résidence. Les larmes de pluie en grêlaient la surface, explosant au contact du miroir lacustre. Le jardin ne devenait plus ce lieu agréable à l'œil, offrant ses couleurs et ses odeurs à l'invité qui passe. L'averse cessa et laissa derrière elle son empreinte fluide, perlant sur son visage austère. Il se baissa, et toucha du bout des doigts les ondes grisâtres du plan d'eau. Nymphéas, Aponogetons et autres plantes aquatiques se transformaient en une masse informe en voie de décomposition. Quelques carpes koïs évoluaient sous la surface trouble, pendant que les cadavres des autres compères pourrissaient sur l'autre partie du bassin. Éole brisa les écharpes des nuées, et offrit quelques touches de ciel bleu dans ce gris maussade. Ixion se retourna et jeta une dernière fois le regard vers la demeure, dont la borne phallique placée auprès du seuil semblait lui dire "reste !".

Le marin longea la pergola et sortit de la résidence. La lourde porte était en partie sortie de ses gonds, probablement suite à une explosion. Ixion scruta la pancarte, accrochée lamentablement sur le panneau en chêne massif. L'inscription "à vendre" y était soigneusement peinte, suivie d'un numéro d'adresse électronique. Un jeune couple s'approcha, la jeune femme engagea la conversation :

– Malgré son état, cette demeure est attirante. Vous êtes peut-être intéressé par cette affaire foncière ?

Ixion les regarda et se sentit gêné :

– Euh ! Non, je suis l'instigateur de cette vente. Mon… père, s'en est allé vers un monde plus serein. Si cette résidence vous intéresse passez par le site notarial. C'est ce numéro inscrit sur la pancarte.

– Est-ce que tout le domaine est à vendre ? demanda le jeune époux.

– Tout le domaine, excepté le sanctuaire situé à l'arrière de la demeure. Elle reste en ma possession.

Il prit son balluchon et laissa le couple rêver à leur aménagement futur. Les embruns salés venant du Pirée lui chatouillaient les narines. L'Atalante n'attendait que lui, voiles photoniques affalées et ancre jetée dans le plus grand port marchand de l'Attique. Ixion leva la tête ; des nuages passèrent devant l'étoile Phébus, et apportèrent durant un frêle instant un moment de fraîcheur. Un martinet le frôla, puis lâcha quelques piaillements au-dessus de sa tête.

L'Acropole sortit de sa torpeur, des faisceaux d'or venaient s'y déposer, et au sein du Parthénon d'Athéna, la mère des dix tribus de l'Attique recevait les flambeaux de l'œil de feu. Une nouvelle journée s'engageait au sein de la Nouvelle-Athènes, sous le patronage de la dame des thiases et des orgéons.

Colomiers le 30 mai 2016

EXPOSANTS

1. Mesure de longueur, équivalent à environ deux cents mètres.
2. Voile trapézoïdale.
3. Assiette de gruau.
4. Homme mûr attiré par les adolescents.
5. Tribunal populaire.
6. Zeus le Tonnerre.
7. L'Assemblée du peuple.
8. Épouse de Zeus et déesse de la sagesse.
9. Divinité participant au transfert des âmes.
10. Galerie de colonnes.
11. Genre de verre.
12. Débit de boissons.
13. Fonctionnaire en charge du bon déroulement de l'Agora.
14. Déesse du foyer.
15. Conseil des anciens sénateurs.
16. L'ordinateur.
17. Mois du calendrier grec. Courant février-mars.
18. Magnétohydrodynamique : technique de motorisation.
19. Tribunal populaire de l'Héliée.
20. Avocat peu scrupuleux.
21. En justice hellénique, le châtiment par décapitation était réservé aux criminels.
22. Dédale, personnage mythologique créateur du labyrinthe.
23. Personnage mythologique humain, petit comme une fourmi.
24. Taxe des commerçants et impôt sur le revenu.
25. Saladier en argile.

26. Carré de tissu de grande longueur dont on s'y enroulait dedans.
27. Tore : bracelet en métal.
28. Portique ouvert en façade sur une colonnade : lieu de rencontre politique.
29. Divinités du chant et de la musique.
30. Bâton surmonté d'une pomme de pin ou d'une grenade, symbole de Dionysos.
31. Une pièce sacrée inviolée d'un temple où siège la représentation d'une divinité.
32. Lieu paradisiaque du repos des âmes.
33. Style d'écriture, dont les fines poudres d'or – ainsi mêlées à l'encre – étaient déposées à même le vélin.
34. Racloir recourbé destiné à retirer l'excédent d'huile sur le corps.
35. Justice.
36. Un des douze mois athéniens, courant février-mars.
37. Confrérie religieuse grecque qui vouait un culte à Dionysos.
38. En justice hellénique : dénonciation d'une personne bien plus riche qu'elle, afin d'éviter une forte imposition.
39. Diagramme représentant des liens hiérarchiques conçus sous forme d'arbre schématique.
40. Un des fleuves des enfers.
41. Grand pan d'étoffe dont on s'y enroulait dedans.
42. Caste la plus basse des Hellènes.
43. Un procès sans grande conséquence.
44. fleuve des enfers.
45. Égalité en parole, égalité dans la Loi, égalité des pouvoirs.
46. division administrative.
47. Législateur grec né à Athènes vers 640 av. J.C et mort

vers 558 av. J.-C.
48. Durée que met un satellite pour effectuer sa révolution autour d'un autre astre.
49. Une lance.
50. Un médimne équivaut à environ 52 litres.
51. Muses de l'allégresse, de la joie et de la splendeur.
52. Ancien peuple iranien, voisin des Perses.
53. Aire sacrée d'un sanctuaire.

CHAPITRES

Le complot..01

Une âme pour Thanatos..02

La Nouvelle-Athènes..03

Une aide précieuse...04

Le collet..05

Les sirènes de l'amour..06

Ode à Dionysos...07

Un singulier contrat,..08

Dans les entrailles du Tartare..09

Un père en colère...10

Les conséquences d'une panne.......................................11

Retour sur la Nouvelle-Athènes.....................................12

Destination Kentauros..13

La victoire sans ailes..14

Les fleurs d'asphodèles...15

La résidence d'Hestia...16

BIBLIOGRAPHIE

- Le Dictionnaire des Antiquités Grecques et Romaines de Daremberg et Saglio, numérisé par l'Université de Toulouse II-le Mirail, France.
- La revue Persée ;
- Le site Gallica ;
- La revue Kernos ;
- Le réseau Internet ;